Parker Pyne investiga

Biblioteca Agatha Christie

Agatha Christie
Parker Pyne investiga

Traducción de Guillermo de Boladeres Ibern

Planeta

Traducción de Guillermo de Boladeres Ibern
© Editorial Planeta, S. A., 2026
Avda. Diagonal, 662-664, 08034 Barcelona (España)
www.planetadelibros.com

Diseño de la cubierta: Booket / Área Editorial Grupo Planeta
Ilustración de la cubierta: © David Sierra
Primera edición en Colección Booket: abril de 2026

Depósito legal: B. 24.717-2026
ISBN: 978-84-08-31813-2
Composición: Realización Planeta
Impreso en España

Biografía

Agatha Christie es conocida en todo el mundo como la Dama del Crimen. Es la autora más publicada de todos los tiempos, tan solo superada por la Biblia y Shakespeare. Sus libros han vendido más de dos mil millones de ejemplares en todo el mundo. Escribió un total de ochenta novelas de misterio y colecciones de relatos breves, más de veinticinco obras de teatro y seis novelas escritas con el pseudónimo de Mary Westmacott. Probó suerte con la pluma mientras trabajaba en un hospital durante la Primera Guerra Mundial, y debutó en 1920 con *El misterioso caso de Styles*, cuyo protagonista es el legendario detective Hércules Poirot, que luego aparecería en treinta y tres libros más. Alcanzó la fama con *El asesinato de Roger Ackroyd* en 1926, y creó a la ingeniosa Miss Marple en *Muerte en la vicaría*, publicado por primera vez en 1930. Se casó dos veces, una con Archibald Christie, de quien adoptó el apellido con el que es conocida mundialmente como la genial escritora de novelas y cuentos policiales y detectivescos, y luego con el arqueólogo Max Mallowan, al que acompañó en varias expediciones a lugares exóticos del mundo que después usó como escenarios en sus novelas. En 1961 fue nombrada miembro de la Real Sociedad de Literatura y en 1971 recibió el título de Dama de la Orden del Imperio Británico, un título nobiliario que en aquellos días se concedía con poca frecuencia. Murió en 1976 a la edad de ochenta y cinco años. Sus misterios encantan a lectores de todas las edades, pues son lo suficientemente simples como para que los más jóvenes los entiendan y disfruten, pero a la vez muestran una complejidad que las mentes adultas no consiguen descifrar hasta el final.

www.agathachristie.com

Prefacio de la autora

Un día, mientras almorzaba en un Corner House, me sentí fascinada por una conversación sobre estadísticas que tenía lugar en otra mesa, a mi espalda. Al volverme, tuve la visión de Mr. Parker Pyne. Yo no había pensado nunca en las estadísticas (¡y la verdad es que rara vez pienso en ellas ahora!), pero el entusiasmo con que las discutían despertó mi interés. Precisamente estaba yo entonces proyectando una serie de relatos cortos y en aquel instante me decidí sobre el modo de desarrollarlos y sobre su tema. Y a su debido tiempo, disfruté escribiéndolos. Mis favoritos son: *El caso del esposo descontento* y *El caso de la mujer rica.* Me sugirió el tema del segundo el recuerdo de una mujer desconocida que se encontraba a mi lado diez años antes, mientras yo miraba un escaparate. Con el acento más maligno, aquella mujer decía: «Me gustaría saber qué puedo hacer con todo el dinero que tengo. Me mareo demasiado para navegar en yate, tengo un par de coches y tres abrigos de piel, y el exceso de buenas comidas me estropea el estómago». Sorprendida, murmuré: «¿Y qué me dice de los hospitales?». Y ella replicó con un resoplido: «¿Hospitales? No tengo intención de hacer caridad. Quiero sacar el máximo provecho a mi dinero». Esto, por supuesto, ocurrió hace veinticinco años. Hoy, todos los problemas de este tipo se los resolvería un inspector de Hacienda, ¡y probablemente esto la enojaría aún más!

Agatha Christie

El caso de la esposa de mediana edad

Cuatro gruñidos, una voz que preguntaba con tono de indignación por qué nadie podía dejar en paz su sombrero, un portazo y Mr. Packington salió para coger el tren de las ocho y cuarenta y cinco con destino a la ciudad. Mrs. Packington se sentó a la mesa del desayuno. Su rostro estaba encendido y sus labios apretados, y la única razón de que no llorase era que, en el último instante, la ira había ocupado el lugar del dolor.

—No lo soportaré —dijo Mrs. Packington—. ¡No lo soportaré! —Y permaneció algunos segundos con gesto pensativo, para murmurar después—: ¡Mala pécora! ¡Gata hipócrita! ¡Cómo puede ser George tan loco!

La ira cedió, volvió el dolor. En los ojos de Mrs. Packington asomaron las lágrimas, que fueron deslizándose por sus mejillas de mediana edad.

—Es muy fácil decir que no lo soportaré. Pero ¿qué puedo hacer?

De pronto tuvo la sensación de encontrarse sola, desamparada, abandonada por completo. Tomó lentamente el diario de la mañana y leyó, una vez más, un anuncio inserto en la primera página.

¿ES USTED FELIZ? SI NO LO ES
CONSULTE A MR. PARKER PYNE,
17 RICHMOND STREET

—¡Absurdo! —se dijo Mrs. Packington—. Completamente absurdo. —Y luego añadió—: Después de todo, podría acercarme a ver...

Todo esto explica por qué, a las once, Mrs. Packington, algo nerviosa, era introducida en el despacho particular de Mr. Parker Pyne.

Como acabamos de decir, Mrs. Packington estaba nerviosa, pero, como quiera que fuera, una ojeada al aspecto de Mr. Parker Pyne bastó para infundirle una sensación de seguridad. Era un hombre corpulento, por no decir gordo. Tenía una cabeza calva de nobles proporciones, llevaba gafas de alta graduación y sus ojillos parpadeaban.

—Tenga la bondad de sentarse —le dijo, y añadió para facilitarle la entrada en materia—: ¿Ha venido usted en respuesta a mi anuncio?

—Sí —contestó Mrs. Packington, y se calló.

—Y no es usted feliz —dijo Mr. Parker Pyne con un tono alegre en la voz—. Muy pocas personas son felices. Realmente, se quedaría usted sorprendida si supiera qué pocas personas lo son.

—¿De veras? —exclamó Mrs. Packington sin creer, no obstante, que importase demasiado el hecho de que fuesen pocas o muchas aquellas personas.

—A usted esto no le interesa, ya lo sé —dijo Mr. Parker Pyne—, pero a mí me interesa mucho. Ya lo ve, he pasado treinta y cinco años de mi vida ocupado en la compilación de estadísticas en un despacho del Gobierno. Ahora estoy retirado y se me ha ocurrido utilizar de un modo nuevo la experiencia adquirida. Es todo muy sencillo. La infelicidad puede ser clasificada en cinco grupos principales..., ni uno más, se lo aseguro. Una vez conocida la causa de la enfermedad, el remedio no ha de ser imposible.

»Yo ocupo el lugar del médico. El médico empieza por diagnosticar la enfermedad del paciente y luego procede a recomendar el tratamiento. En algunos casos, no hay tratamiento posible. Si es así, ya digo francamente que no puedo hacer nada. Pero le aseguro a usted, Mrs. Packington, que, si me encargo de un caso, la curación está prácticamente garantizada.

¿Sería posible? ¿Era todo aquello una sarta de tonterías o podía tener un fondo de verdad? Mrs. Packington le dirigió una mirada de esperanza.

—Vamos a diagnosticar su caso —dijo Mr. Parker Pyne sonriendo. Y recostándose en su sillón, unió las puntas de los dedos de una y otra mano—. El problema se refiere a su esposo. En términos generales, su vida de casados ha sido feliz. Su marido, por lo que veo, ha prosperado. Creo que el caso incluye a una señorita..., quizá una señorita que trabaja en el despacho de su marido.

—Una secretaria —dijo Mrs. Packington—. Una detestable intrigante con los labios pintados y medias de seda y rizos. —Las palabras habían salido de ella precipitadamente.

Mr. Parker Pyne hizo una señal afirmativa con gesto apaciguador.

—No hay en realidad ningún mal en ello... Esa es la frase que emplea siempre su esposo, no lo dudo.

—Esas son sus propias palabras.

—¿Por qué, entonces, no podría disfrutar de una pura amistad con esa señorita y proporcionar algo de alegría, algo de placer a su triste existencia? La pobre muchacha se divierte tan poco... Imagino que estos son los sentimientos de su esposo.

Mrs. Packington hizo un vigoroso gesto afirmativo.

—¡Una farsa...! ¡Todo es una farsa! Se la lleva al río... A mí también me gusta ir al río, pero hace cinco o seis años que eso le estorbaba para jugar al golf. Pero por ella puede dejar el golf. A mí me gusta el teatro... George ha dicho siempre que está demasiado cansado para salir de noche. Ahora se la lleva a ella a bailar... ¡a bailar! Y vuelve a las tres de la madrugada. Yo... yo...

—¿Y, sin duda, deplora el hecho de que las mujeres sean tan celosas, tan intensamente celosas, cuando no hay absolutamente causa alguna, en realidad, para los celos?

Mrs. Packington hizo otro gesto afirmativo.

—Ni más ni menos. —Y preguntó con viveza—: ¿Cómo sabe usted todo esto?

—Las estadísticas —contestó Mr. Parker Pyne sencillamente.

—Esto me hace tan desgraciada... —dijo Mrs. Packington—. Siempre he sido una buena esposa para George. He trabajado hasta desollarme los dedos desde los primeros tiempos. Le he ayudado a salir adelante. Nunca he mirado a ningún hombre. Su ropa está siempre zurcida. Come bien y la casa está bien administrada. Y ahora que hemos prosperado socialmente y podríamos disfrutar y salir un poco, y hacer todas las cosas que yo había esperado hacer algún día... ¡Bueno, me encuentro con esto!

Tragó saliva con dificultad.

Mr. Parker Pyne afirmó con expresión grave:

—Le aseguro que comprendo su caso perfectamente.

—Y... ¿puede usted hacer algo? —preguntó ella casi en un murmullo.

—Ciertamente, mi querida señora. Hay una cura. Oh, sí, hay una cura.

—¿Y en qué consiste? —Y esperó la contestación con los ojos muy abiertos. Mr. Parker Pyne habló con calma y firmeza.

—Se pondrá usted en mis manos y los honorarios serán doscientas guineas.

—¡Doscientas guineas!

—Exactamente. Usted puede pagarlas, Mrs. Packington. Las pagaría por una intervención quirúrgica. Y la felicidad es tan importante como la salud del cuerpo.

—¿Se las abono después, supongo?

—Al contrario —dijo Mr. Parker Pyne—. Me las abona por adelantado.

—Me parece que no veo el modo... —repuso ella levantándose.

—¿De cerrar un trato a ciegas? —dijo Mr. Parker Pyne animadamente—. Bien, quizá tenga usted razón. Es mucho dinero para arriesgarlo. Debe confiar en mí, ya me entiende. Tiene que pagar y correr el riesgo. Estas son mis condiciones.

—¡Doscientas guineas!

—Ni más ni menos: doscientas guineas. Es una suma considerable. Buenos días, Mrs. Packington. Avíseme si cambia de opinión.

Y le estrechó la mano con una sonrisa imperturbable.

Cuando ella se hubo retirado, oprimió un botón que había sobre la mesa.

Respondiendo a la llamada, entró una joven con gafas de aspecto antipático.

—Hágame el favor de traer una carpeta, miss Lemon. Y puede decirle a Claude que probablemente lo necesitaré pronto.

—¿Una nueva clienta?

—Una nueva clienta. De momento, se ha tirado atrás, pero volverá. Probablemente esta tarde, hacia las cuatro. Anótela.

—¿Modelo A?

—Modelo A, por supuesto. Es interesante ver cómo cada uno cree que su propio caso es único. Bien, bien, avise a Claude. Dígale que no se ponga demasiado exótico. Nada de perfumes y mejor que se haga cortar el pelo bien corto.

Eran las cuatro y cuarto cuando Mrs. Packington volvió a entrar en el despacho de Mr. Parker Pyne. Sacó un talonario, extendió un cheque y se lo entregó contra recibo.

—¿Y ahora? —dijo Mrs. Packington dirigiéndole una mirada de esperanza.

—Ahora —contestó Mr. Parker Pyne sonriendo— volverá usted a su casa. Mañana, con el primer correo, recibirá determinadas instrucciones y me complacerá si las cumple puntualmente.

Mrs. Packington regresó a su casa en un estado de agradable expectación.

Mr. Packington volvió a la defensiva, preparado para defender su posición si se reanudaba la escena del desayuno. Pero comprobó con satisfacción que su esposa no parecía dispuesta a discutir. La encontró raramente pensativa.

Mientras escuchaba la radio, George se preguntaba si esa querida chica, Nancy, le permitiría que le regalase un abrigo de pieles. Él sabía que era muy orgullosa y no quería ofenderla. No obstante, ella se había quejado del frío. Ese abrigo de mezclilla que llevaba era bien poca cosa, no bastaba para protegerla. Podría, quizá, proponérselo de un modo que ella no le diera importancia...

Tenían que salir pronto otra noche. Era un placer llevar a un restaurante de moda a una muchacha como aquella. Podía ver las miradas de envidia de los jóvenes. Era una chica extraordinariamente bonita. Y él le gustaba. Le había dicho que no le parecía apenas viejo.

Levantando la vista, tropezó con la mirada de su esposa. Repentinamente se sintió culpable, algo que le molestaba. ¡Qué corta de alcances y qué suspicaz era Maria! ¡Cómo le escamoteaba las más ligeras satisfacciones! Giró el interruptor de la radio y se fue a descansar.

A la mañana siguiente, Mrs. Packington recibió dos cartas inesperadas. Una de ellas era un impreso en el que se confirmaba la hora para asistir a un célebre instituto de belleza. La segunda era una cita con un modisto. En una tercera carta, Mr. Parker Pyne solicitaba el placer de su compañía para almorzar aquel día en el Ritz.

Mr. Packington mencionó la posibilidad de no venir a cenar a casa aquel día, pues tenía que ver a un individuo para tratar de negocios. Mrs. Packington se limitó a inclinar la cabeza con aire distraído y Mr. Packington salió felicitándose de haber sabido evitar la tormenta.

La esteticista se mostró tajante. ¡Menuda negligencia! Pero ¿por qué, madame? Debería haberse aplicado un tratamiento desde hacía algunos años. Sin embargo, no era demasiado tarde.

Le hicieron varias cosas en el rostro, que fue amasado, masajeado y sometido a vapor. Le aplicaron primero barro, luego varias cremas y finalmente polvos y algunos retoques para acabar.

Por último, le entregaron un espejo. «Creo que, efectivamente, parezco más joven», se dijo a sí misma.

La sesión con el modisto fue también emocionante. Salió de allí sintiéndose distinguida, elegante y a la última moda.

A la una y media, Mrs. Packington compareció en el Ritz. La esperaba Mr. Parker Pyne, impecablemente vestido y envuelto en una atmósfera apaciblemente tranquilizadora.

—Encantadora —le dijo, paseando una mirada experta por su figura, de pies a cabeza—. Me he aventurado a pedir para usted un White Lady.

Mrs. Packington, que no había adquirido el hábito de tomar cócteles, no opuso resistencia. Mientras sorbía el excitante líquido con cautela, escuchó a su benévolo instructor.

—Su marido, Mrs. Packington, debe acostumbrarse a esperarla. ¿Entiende usted? A esperarla. Para ayudarla en este detalle, voy a presentarle a un joven amigo mío. Almorzará usted hoy con él.

En aquel momento se acercaba un joven que miraba a un lado y otro. Al descubrir a Mr. Parker Pyne, fue hacia ellos con movimientos airosos.

—Mr. Claude Lutrell. Mrs. Packington.

Mr. Claude Lutrell no parecía haber cumplido los treinta años. Era un joven de aspecto agradable y simpático, vestido a la perfección y sumamente guapo.

—Encantado de conocerla —murmuró.

Al cabo de tres minutos, Mrs. Packington se hallaba frente a su nuevo mentor en una mesa para dos.

Ella se mostró al principio algo vergonzosa, pero Mr. Lutrell no tardó en devolverle la serenidad. Conocía bien París y había pasado mucho tiempo en la Riviera. Le preguntó a Mrs. Packington si le gustaba bailar. Ella contestó que sí, pero que ahora rara vez bailaba pues a Mr. Packington no le gustaba salir por las noches.

—Pero no puede ser tan poco complaciente como para retenerla a usted en casa —dijo Claude Lutrell, enseñando al sonreír una deslumbrante dentadura—. En estos tiempos, las mujeres no tienen por qué tolerar los celos masculinos.

Mrs. Packington estuvo a punto de decir que no se trataba de celos, pero no lo dijo. Después de todo, era una agradable idea.

Claude Lutrell habló alegremente de los clubes nocturnos. Quedó convenido que la noche siguiente asistirían al popular Lesser Archangel. A Mrs. Packington le ponía algo nerviosa la idea de anunciárselo a su esposo. Le parecía que George lo encontraría extraordinario y, posiblemente, ridículo. Pero quedó liberada de toda dificultad. Había estado demasiado nerviosa para hablar de ello a la hora del desayuno y a las dos llegó por teléfono el mensaje de que Mr. Packington cenaría fuera de la ciudad.

La velada constituyó un gran éxito. Mrs. Packington había bailado muy bien cuando era joven y, bajo la hábil dirección de Claude Lutrell, no tardó en coger el ritmo de los bailes modernos. Él la felicitó por su vestido y, asimismo, por su peinado (aquella mañana se le había preparado una sesión en una peluquería de moda). Al despedirse de ella, le besó la mano del modo más expresivo. Hacía años que Mrs. Packington no había disfrutado de una velada como aquella.

Siguieron diez días desconcertantes. Mrs. Packington los pasó entre almuerzos, tés, tangos, comidas, bailes y cenas. Conoció todos los detalles de la triste niñez de Claude Lutrell. Se enteró de las lamentables circunstancias en que su padre había perdido todo su dinero. Oyó el relato de su trágica historia y de sus sentimientos de amargura hacia las mujeres en general.

Al undécimo día, asistieron a un baile del Red Admiral. Mrs. Packington vio allí a su marido antes de que este se percatase de su presencia. George acompañaba a la señorita de su despacho. Ambas parejas estaban bailando.

—Hola, George —dijo Mrs. Packington con ligereza cuando el discurrir del baile los acercó.

Y se sintió muy divertida al ver cómo el rostro de su esposo se ponía rojo y luego púrpura de asombro. Con el asombro se mezclaba una expresión de culpa descubierta.

A Mrs. Packington le divertía sentirse dueña de la situación.

¡Pobre George! Sentada de nuevo a su mesa, los observó. ¡Qué gordo estaba, qué calvo, qué mal bailaba! Lo hacía a la manera de veinte años atrás. ¡Pobre George! ¡Quería ser joven a toda costa! Y esa pobre muchacha con la que bailaba tenía que fingir que lo hacía muy a gusto. Parecía estar muy aburrida, ahora que tenía la cara sobre su hombro y él no podía verla.

¡Cuánto más envidiable era su propia situación!, pensó Mrs. Packington. Miró al perfecto Claude, que tenía el tacto de guardar silencio. Qué bien la entendía. Nunca se ponía pesado... como inevitablemente lo hacen los maridos al cabo de unos cuantos años.

Volvió a mirarlo. Y sus miradas se encontraron. Él sonrió. Sus hermosos ojos oscuros, tan melancólicos, tan románticos, se fijaron tiernamente en los suyos.

Bailaron de nuevo. Fue un rato glorioso.

—¿Volvemos a bailar? —murmuró.

Ella se daba cuenta de que los seguía la mirada apopléjica de George. Recordaba que la idea había sido poner celoso a su marido. ¡Cuánto tiempo hacía de eso! En realidad, ahora no deseaba que George sintiese celos. Esto podría trastornarlo. ¿Por qué habría de trastornar al pobre infeliz? Estaba todo el mundo tan contento...

Hacía una hora que Mr. Packington estaba en casa cuando llegó su esposa. Parecía desconcertado y poco seguro de sí mismo.

—Hum —observó—. O sea que ya estás de vuelta.

Mrs. Packington se quitó el abrigo de *soirée* que le había costado cuarenta guineas aquella misma mañana.

—Sí —contestó sonriendo—, estoy de vuelta.

George tosió y luego dijo:

—Ha sido curioso... que nos hayamos encontrado.

—¿Verdad que sí? —dijo Mrs. Packington.

—Yo..., bueno, pensé que sería una obra de caridad llevar a esa chica a alguna parte. Ha tenido muchos disgustos en su casa. Pensé..., bueno, ha sido por pura bondad, ya comprendes.

Mrs. Packington hizo un gesto afirmativo. Pobre George..., trabándose y acalorándose y quedándose tan satisfecho de sí mismo.

—¿Quién era ese chico que te acompañaba? Yo no lo conozco, ¿verdad?

—Se llama Lutrell, Claude Lutrell.

—¿Cómo te has encontrado con él?

—Oh, alguien me lo presentó —dijo ella vagamente.

—Es un poco extraño que salgas a bailar... a tu edad. No debes llamar la atención, querida.

Mrs. Packington sonrió. Se sentía demasiado bien dispuesta hacia el universo en general para darle la réplica adecuada.

—Un cambio es siempre bueno —dijo con amabilidad.

—Tienes que andarte con cuidado, ya comprendes. Corren por ahí muchos holgazanes de ese género. Las mujeres de mediana edad se ponen a veces en situaciones espantosamente ridículas. Yo solo te lo advierto, querida. No me gustaría algo que fuera impropio de ti.

—El ejercicio me parece muy beneficioso —dijo Mrs. Packington.

—Hum..., desde luego.

—Y espero que para ti también —dijo Mrs. Packington con tono bondadoso—. Lo que importa es estar contento, ¿no es verdad? Recuerdo que lo dijiste tú mismo una mañana a la hora del desayuno, hace unos diez días.

Su esposo le dirigió una viva mirada, pero sin sarcasmo en la expresión. Ella bostezó.

—Tengo que irme a la cama. A propósito, George, me he vuelto muy caprichosa últimamente. Van a llegar algunas facturas terribles. ¿Verdad que no te importa?

—¿Facturas?

—Sí. Dos modistos, el masajista y el peluquero. He sido perversamente caprichosa..., pero ya sé que a ti no te importa.

Y subió las escaleras. Mr. Packington se había quedado con la boca abierta. Maria se había mostrado maravillosamente amable en lo referente a su propia aventura nocturna, no había parecido darle la menor importancia. Pero era una lástima que se hubiese puesto de pronto a gastar dinero. Maria..., ¡ese modelo de esposa ahorradora!

¡Las mujeres! Y George Packington movió la cabeza. Menudos enredos en los que se habían metido los hermanos de esa muchacha. Bueno, a él le había complacido sacarlos del apuro. De todos modos, ¡maldita sea!, las cosas no iban tan bien en la City.

Con un suspiro, Mr. Packington empezó a subir las escaleras lentamente.

A veces, las palabras dejan de producir un efecto en el primer momento y se recuerdan más tarde. Así pues, hasta la mañana siguiente, algunas frases pronunciadas por Mr. Packington no penetraron verdaderamente en la conciencia de su esposa.

Tipos holgazanes, mujeres de mediana edad, situaciones espantosamente ridículas.

En el fondo, Mrs. Packington era valiente. Se sentó y miró las cosas cara a cara. Un gigoló. Ella había leído cosas sobre los gigolós en los diarios. Y también había leído cosas sobre las necedades de las mujeres de mediana edad.

¿Era Claude un gigoló? Así lo imaginaba. Pero a los gigolós se les paga y Claude pagaba siempre por ella. Cierto, aunque quien realmente pagaba era Mr. Parker Pyne, no Claude... O mejor dicho, todo salía de las doscientas guineas que ella le había entregado.

¿Sería ella acaso una tonta de mediana edad? ¿Estaría Claude Lutrell riéndose de ella a sus espaldas? Se le encendió el rostro al pensarlo.

Bueno, ¡qué importaba eso! Claude era un gigoló y ella era una tonta de mediana edad. Pensó que tendría que hacerle algún regalo, una pitillera de oro o algo por el estilo.

Un extraño impulso la obligó a salir y a visitar el establecimiento de Asprey. Allí eligió y pagó una pitillera. Tenía que almorzar con Claude en el Claridge.

Cuando estaban tomando el café, la sacó del bolso.

—Un pequeño presente —dijo ella. Él levantó la vista con el ceño fruncido.

—¿Para mí?

—Sí. Espero... espero que le guste.

Él cubrió la pitillera con la mano y la rechazó violentamente por encima de la mesa.

—¿Por qué me da esto? No lo aceptaré. Cójalo. ¡Cójalo, le digo! —Estaba enfadado. Sus ojos oscuros centelleaban.

—Lo siento —murmuró ella. Y se la guardó de nuevo en el bolso. Aquel día el trato fue forzado.

A la mañana siguiente, él le dijo por teléfono:

—Necesito verla. ¿Puedo ir a su casa esta tarde?

Ella le dijo que fuese a las tres.

Él llegó muy pálido, muy tenso. De repente, se puso de pie y se la quedó mirando.

—¿Qué se cree usted que soy? Esto es lo que he venido a preguntarle. Hemos sido amigos..., ¿no es verdad? Sin embargo, a pesar de ello, usted cree que soy..., bueno, un gigoló, un individuo que vive a costa de las mujeres. Esto es lo que cree usted, ¿no es verdad?

—No, no.

Pero él rechazó esa protesta. Su rostro estaba ahora muy pálido.

—¡Esto es lo que realmente cree usted! Pues bien: es la verdad. Esto es lo que quería decirle. ¡Es la verdad! Tenía órdenes de pasearla a usted por ahí, de entretenerla, de cortejarla, de hacerle olvidar a su esposo... Este es mi oficio. Un oficio despreciable, ¿no es así?

—¿Por qué me cuenta todo esto? —preguntó ella.

—Porque he terminado con este trabajo. No puedo continuarlo. Por lo menos, no con usted. Usted es diferente. Usted es la clase de mujer que podía inspirarme fe, confianza, adoración. Usted piensa que lo que estoy diciendo forma parte de mi papel. —Y se acercó más a ella—. Voy a demostrarle que no es así. Voy a retirarme... por usted. Voy a convertirme en un hombre y a dejar de ser una criatura odiosa. Y voy a hacerlo por usted.

Repentinamente, la tomó en sus brazos. Sus labios se cerraron sobre los de ella. Luego la soltó y se mantuvo apartado.

—Adiós. He sido una persona inútil... siempre. Pero

prometo que ahora seré diferente. ¿Recuerda usted que una vez dijo que le gustaba leer los anuncios que ponían en los periódicos las personas en apuros? Cada aniversario de este día encontrará allí un mensaje mío diciéndole que la recuerdo y que me porto bien. Entonces sabrá todo lo que ha significado para mí. Y otra cosa: no he aceptado nada de usted. Pero deseo que usted acepte algo de mí. —Y se quitó del dedo un sencillo anillo de oro—. Era de mi madre. Quisiera que lo tuviese usted. Y ahora, adiós.

Y la dejó de pie, aturdida, con el anillo en la mano.

George Packington regresó a casa temprano. Encontró a su esposa de cara al fuego y con la mirada perdida. Ella le habló bondadosamente, pero distraída.

—Escucha, Maria —le dijo él de repente con voz insegura—. A propósito de esa muchacha...

—Di, querido.

—Yo... nunca quise trastornarte, ya comprendes. Con ella... nada de nada.

—Ya lo sé. Fue una tontería por mi parte. Sal con ella tanto como quieras, si eso te alegra.

Seguramente, esas palabras hubieran debido animar a George Packington. Lo extraño es que le disgustaron. ¿Cómo puede uno disfrutar de la compañía de una muchacha cuando su propia esposa le invita complaciente a que lo haga? ¡Al diablo con esa historia!, no sería decente. Aquella sensación de ser un pícaro, un hombre duro que juega con fuego, se esfumaba y moría ignominiosamente. George Packington se sintió de pronto fatigado y con la cartera mucho más ligera. Aquella muchacha sí que era una buena pícara.

—Podríamos irnos los dos a alguna parte una temporadita si te apetece, Maria —le propuso tímidamente.

—Oh, no te preocupes por mí. Estoy perfectamente.

—Pero a mí me gustaría sacarte de aquí. Podríamos ir a la Riviera.

Mrs. Packington le sonrió a distancia.

Pobre George. Sentía afecto por él. Su situación era tan patética... En su vida no había el secreto esplendor que tenía la de ella. Le sonrió aún con mayor ternura.

—Eso sería delicioso, querido —le dijo.

* * *

Mr. Parker Pyne estaba diciéndole a miss Lemon:

—¿A cuánto ascienden los gastos?

—A ciento dos libras, catorce chelines y seis peniques.

Alguien empujó la puerta y entró Claude Lutrell. Parecía algo melancólico.

—Buenos días, Claude —dijo Mr. Parker Pyne—. ¿Ha acabado todo satisfactoriamente?

—Eso creo.

—¿Y el anillo? ¿Qué nombre has puesto en él?

—Matilda —contestó Claude sombríamente—, 1899.

—Excelente. ¿Qué texto para el anuncio?

—«Me porto bien. Sigo recordando. Claude.»

—Haga el favor de tomar nota de esto, miss Lemon. La columna de los que están en apuros. Tres de noviembre, durante... Déjeme ver: gastos, ciento dos libras con catorce y seis. Sí, durante diez años, supongo. Esto nos deja un beneficio de noventa y dos libras, dos chelines y cuatro peniques. Está bien. Está muy bien.

Miss Lemon se retiró.

—¡Oiga! —exclamó Claude estallando—: Esto no me gusta. Es un juego sucio.

—¡Mi querido muchacho!

—Un juego sucio. Ella es una mujer decente..., una buena persona. Contarle todas estas mentiras..., llenarla de esa literatura lacrimógena, ¡al diablo con todo! ¡Me da asco!

Mr. Parker Pyne se ajustó las gafas y miró a Claude con una especie de interés científico.

—¡Pobre de mí! —dijo secamente—. No creo recordar que su conciencia le atormentase durante su..., ¡ejem!, notoria carrera. Sus casos en la Riviera fueron particularmente descarados y su explotación de Mrs. Hattie West, la esposa del rey californiano del pepino, fue especialmente notable por el endurecido instinto mercenario del que hizo usted gala.

—Bien, empiezo a pensar de otra manera —refunfuñó Claude—. Este juego no es... limpio.

Mr. Parker Pyne habló con el tono de un director de escuela que amonesta a su alumno favorito.

—Ha realizado usted, mi querido Claude, una acción meritoria. Ha dado a una mujer desgraciada lo que necesitan todas las mujeres: un sueño. Una mujer rompe una pasión a pedazos y no saca nada bueno de ella, pero un sueño puede guardarse en un armario, con espliego, y ser contemplado durante muchos años. Yo conozco la naturaleza humana, hijo mío, y puedo decirle que una mujer puede vivir mucho tiempo de un incidente de este tipo. —Y terminó, tras toser—: Hemos cumplido nuestro compromiso con Mrs. Packington de un modo muy satisfactorio.

—Bueno —murmuró Claude—, pero no me gusta.

Y abandonó la habitación.

Mr. Parker Pyne tomó de un cajón una carpeta nueva y escribió:

Interesantes vestigios de conciencia visibles en un gigoló endurecido. Nota: Estudiar su desarrollo.

El caso del soldado descontento

Frente a la puerta del despacho de Mr. Parker Pyne, el mayor Wilbraham se detuvo para leer, no por primera vez, el anuncio del diario de la mañana que le había llevado allí.

Era bastante claro:

¿ES USTED FELIZ? SI NO LO ES
CONSULTE A MR. PARKER PYNE,
17 RICHMOND STREET

El mayor inspiró profundamente y se lanzó decidido hacia la puerta giratoria que conducía al despacho exterior. Una joven de aspecto sencillo levantó la vista de su máquina de escribir para dirigirle una mirada interrogante.

—¿Mr. Parker Pyne?

—Tenga la bondad de venir por aquí.

Y él la siguió al despacho interior, ante la suave presencia de Mr. Parker Pyne.

—Buenos días —dijo Mr. Parker Pyne—. Hágame el favor de sentarse. Y dígame ahora qué puedo hacer por usted.

—Me llamo Wilbraham —empezó a decir.

—¿Mayor? ¿Coronel? —preguntó Mr. Parker Pyne.

—Mayor.

—¡Ah! Y ha regresado recientemente de países lejanos. ¿India? ¿África Oriental?

—África Oriental.

—Un bello lugar, según dicen. Bien, es decir que vuelve usted a estar en casa... y no se encuentra a gusto. ¿Es este el problema?

—Tiene usted mucha razón. Aunque no sé cómo ha podido saberlo.

Mr. Parker Pyne movió una mano con gesto imponente.

—Este es mi oficio. Ya ve usted: durante treinta y cinco años he estado ocupado en la compilación de estadísticas en un despacho del Gobierno. Ahora estoy retirado y se me ha ocurrido utilizar la experiencia adquirida de un modo nuevo. Es muy sencillo. La infelicidad puede ser clasificada en cinco grupos principales..., ni uno más, se lo aseguro. Una vez conocida la causa de la enfermedad, el remedio no puede ser imposible.

»Yo ocupo el lugar del médico. El médico empieza por diagnosticarle la enfermedad al paciente y luego procede a recomendar el tratamiento. En algunos casos, no hay tratamiento posible. Si es así, ya le digo francamente que no puedo hacer nada. Pero, si me encargo de un caso, la curación está prácticamente garantizada.

»Puedo asegurarle a usted, mayor Wilbraham, que el noventa y seis por ciento de los forjadores del Imperio retirados (como yo les llamo) son desdichados. Han dejado una vida activa, una vida llena de responsabilidades, de posibles peligros, ¿a cambio de qué? A cambio de recursos limitados, de un clima triste. Y tienen la sensación general de ser peces sacados del agua.

—Todo lo que acaba usted de decir es cierto —observó el mayor—. Lo que yo no puedo aceptar es el hastío. El hastío y la charla interminable sobre las insignificancias de una pequeña aldea. Pero ¿cómo remediarlo? Tengo algo de dinero, además de mi pensión. Tengo un agradable *cottage* cerca de Cobham. Tengo los medios para dedicarme a la caza o a la pesca. No estoy casado. Mis vecinos son todos personas agradables, pero sus ideas no van más allá de esta isla.

—Dicho en dos palabras: que encuentra usted la vida insípida.

—Condenadamente insípida.

—¿Le gustaría experimentar emociones y correr posibles peligros? —preguntó Mr. Parker Pyne.

El soldado se encogió de hombros.

—No existe tal cosa en este país.

—Perdone —dijo Mr. Parker Pyne con seriedad—. En esto anda usted equivocado. Los peligros y la excitación abundan aquí, en Londres, si sabe usted dónde ir a buscarlos. Usted no ha visto más que la superficie de nuestra vida inglesa, tranquila, agradable. Si lo desea, yo puedo mostrarle ese otro aspecto.

El mayor Wilbraham lo miró con expresión pensativa. Había algo tranquilizador en el aspecto de Mr. Parker Pyne. Era grueso, por no decir gordo. Tenía una cabeza calva de nobles proporciones, gafas de alta graduación y unos ojillos que parpadeaban. Y le envolvía una atmósfera... una atmósfera de persona en quien se puede confiar.

—Debo advertirle, no obstante —continuó Mr. Parker Pyne—, que hay algún riesgo.

Los ojos del soldado se iluminaron.

—Perfectamente —dijo. Y añadió de pronto—: ¿Y sus honorarios?

—Mis honorarios —contestó Mr. Parker Pyne— son cincuenta libras pagadas por adelantado. Si dentro de un mes continúa usted en el mismo estado de hastío, se las reembolsaré.

—Es un trato justo —dijo Wilbraham tras un momento de reflexión—. Estoy de acuerdo. Voy a darle un cheque ahora.

Terminados aquellos trámites, Mr. Parker Pyne oprimió un botón que había sobre su mesa.

—Ahora es la una —le dijo—. Voy a rogarle que lleve a una señorita a almorzar. —Y habiéndose abierto una puerta, continuó—: ¡Ah! Madeleine, querida, permítame que le presente al mayor Wilbraham, que la acompañará a usted a almorzar.

Wilbraham parpadeó ligeramente, lo que no era de extrañar. La muchacha que había entrado en la habitación era morena, de lánguida actitud, ojos admirables, largas pestañas negras, una tez perfecta y una boca voluptuosa de color escarlata. Su exquisita indumentaria realzaba la gracia de su figura. De pies a cabeza era una mujer perfecta.

—¡Ejem...! Encantado —dijo el mayor Wilbraham.

—Miss De Sara —dijo Mr. Parker Pyne.

—Es usted muy amable —murmuró Madeleine de Sara.

—Tengo aquí su dirección —anunció Mr. Parker Pyne—. Mañana por la mañana recibirá usted mis nuevas instrucciones.

El mayor Wilbraham salió con la adorable Madeleine.

* * *

Eran las tres cuando Madeleine regresó. Mr. Parker Pyne levantó la vista para preguntar:

—¿Cómo ha ido?

—Está asustado de mí —contestó ella moviendo la cabeza—. Cree que soy una vampiresa.

—Me lo figuraba —dijo Mr. Parker Pyne—. ¿Ha seguido mis instrucciones?

—Sí. Hemos hablado libremente de los ocupantes de las otras mesas. El tipo de mujer que le gusta es de cabello rubio, ojos azules, ligeramente anémica y no demasiado alta.

—Eso será fácil —dijo Mr. Parker Pyne—. Deme el modelo B y déjeme ver de qué disponemos en este momento.

—Y recorriendo la lista con el dedo, se detuvo en un nombre—. Freda Clegg. Sí, creo que Freda Clegg nos irá perfectamente. Es mejor que hable de esto con Mrs. Oliver.

* * *

Al día siguiente, el mayor Wilbraham recibió una nota que decía:

> *El próximo lunes por la mañana, a las once, vaya a Eaglemont, Friars Lane, Hampstead, y pregunte por Mr. Jones. Anúnciese como representante de la Guava Shipping Company.*

Obedeciendo estas instrucciones, el siguiente lunes (que resultó ser el día festivo de los bancos), el mayor Wilbraham partió con destino a Eaglemont, Friars Lane. Decimos que partió, pero no llegó allí, pues antes de llegar ocurrió algo.

Todo bicho viviente parecía dirigirse a Hampstead. El mayor Wilbraham tuvo que mezclarse con las multitudes y sofocarse en el metro, y le costó trabajo descubrir dónde estaba Friars Lane.

Friars Lane era un callejón sin salida, un camino descuidado y lleno de roderas, con casas apartadas a uno y otro lado: casas espaciosas que habían conocido mejores tiempos y que se veían sin las necesarias reparaciones.

Wilbraham se internó por él y miró los nombres semiborrados en los marcos de las puertas. De pronto, oyó algo que atrajo su atención. Era una especie de grito gorgoteante y medio ahogado. El grito se repitió y pudo reconocer la palabra *¡Socorro!* Venía del interior de la casa junto a la cual pasaba entonces. Sin vacilar un solo momento, el mayor Wilbraham abrió de un empujón la raquítica puerta y entró sin ruido por un camino cubierto de maleza. Allí, entre los arbustos, se agitaba una muchacha sujetada por dos negros enormes. Se defendía valientemente, retorciéndose, volviéndose sobre sí misma y pataleando.

Uno de los hombres le había tapado la boca con una mano, a pesar de los furiosos esfuerzos que ella hacía para liberar su cabeza.

Con la atención concentrada en su lucha con la muchacha, ninguno de los tipos había advertido la proximidad de Wilbraham. La primera noticia de él les llegó con un violento puñetazo asestado en la mandíbula del que le tapaba la boca y que retrocedió tambaleándose. Cogido por sorpresa, el otro hombre soltó a su víctima y se volvió. Wilbraham estaba preparado para recibirlo. Una vez más disparó su puño cerrado, y su oponente perdió el equilibrio y cayó hacia atrás. Wilbraham se volvió hacia el otro, que ya se le venía encima.

Pero los dos negros tenían ya bastante. El segundo rodó por el suelo y se sentó. Al levantarse, corrió en dirección a la puerta. Su compañero le imitó. Wilbraham quiso salir tras ellos, aunque cambió de parecer y se volvió hacia la muchacha, que jadeaba apoyándose en un árbol.

—¡Oh, gracias! —le dijo esta con voz entrecortada—. Ha sido terrible.

El mayor Wilbraham vio entonces, por primera vez, a quien había salvado tan oportunamente. Era una joven de veintiuno o veintidós años, rubia, de ojos azules y algo pálida.

—¡Si no hubiese usted venido...! —dijo sin aliento.

—Bien, bien —contestó Wilbraham con voz tranquilizadora—. Ya ha pasado todo. Sin embargo, creo que sería mejor alejarse de aquí. Esos hombres pueden volver.

A los labios de la muchacha asomó una débil sonrisa.

—No creo que vuelvan... después de la paliza que les ha dado usted. ¡Oh, su actuación ha sido espléndida!

El mayor Wilbraham se sonrojó ante aquella expresiva mirada de admiración.

—Nada de eso —dijo con aparente indiferencia—. Esto es algo normal cuando alguien molesta a una dama. Dígame: ¿puede usted andar apoyándose en mi brazo? Bien, comprendo que ha sido una impresión horrible.

—Ahora estoy perfectamente —dijo la muchacha, quien, no obstante, tomó su brazo. Aún se estremecía un poco. Al atravesar la puerta exterior, se volvió hacia la casa—. No puedo entenderlo —murmuró—. Es evidente que esta casa está vacía.

—Sin duda está vacía —convino el mayor, mirando hacia las ventanas cerradas y observando su ruinoso aspecto general.

—Y, sin embargo, esto es Whitefriars —dijo ella señalando el nombre medio borrado que podía leerse en la puerta—. Y Whitefriars es el lugar adonde yo debía ir.

—No se inquiete ahora por nada —dijo Wilbraham—. En un par de minutos encontraremos un taxi. Y luego iremos a cualquier parte a tomar una taza de café.

En el extremo del callejón encontraron una calle más concurrida y, por suerte, acababa de desocuparse un taxi enfrente de una de las casas. Wilbraham lo llamó, le dio una dirección al conductor y subieron al coche.

—No se esfuerce en hablar —le aconsejó a su compañera—. Solo recuéstese. Acaba de pasar por una situación horrible.

Ella le sonrió con gratitud.

—A propósito, mi nombre es Wilbraham.

—El mío es Clegg, Freda Clegg.

Al cabo de diez minutos, Freda tomaba su café caliente y miraba agradecida a su salvador por encima de la mesa.

—Parece un sueño —dijo—, un mal sueño. —Y se estremeció—. Y poco antes estaba yo deseando que ocurriese algo..., ¡cualquier cosa! Oh, no me gustan las aventuras.

—Dígame cómo ha ocurrido.

—Bien, podría contárselo con pelos y señales, pero me temo que tendría que hablar mucho de mí misma.

—Es un tema excelente —dijo Wilbraham con una inclinación de cabeza.

—Soy huérfana. Mi padre, un capitán de Marina, murió cuando yo tenía ocho años. Mi madre murió hace tres años. Trabajo en la City. Estoy empleada en la Vacuum Gas Company. Una tarde de la semana pasada, al volver a mi alojamiento, me encontré a un caballero esperándome. Era un abogado, un tal Mr. Reid, de Melbourne.

»Se mostró muy cortés y me hizo varias preguntas acerca de mi familia. Explicó que había tratado a mi padre hace muchos años y que, en realidad, había gestionado varios de sus asuntos. Luego me comunicó el objeto de su visita:

»—Miss Clegg, tengo razones para creer que podría usted obtener un beneficio como resultado de una operación financiera en la que se interesó su padre varios años antes de su muerte.

»Por supuesto, esto me causó gran sorpresa.

»—No es posible que haya usted oído hablar de este asunto —continuó mi visitante—. Me parece que John Clegg no se lo tomó nunca en serio. No obstante, el asunto se ha concretado inesperadamente en realidades, pero me temo que cualquier derecho que pudiera usted alegar dependería de su posesión de determinados documentos. Estos documentos habrían formado parte de los bienes de su padre y, por supuesto, es posible que hayan sido destruidos por creer él que no tenían ningún valor. ¿Ha examinado usted los papeles de su padre?

»Yo le expliqué que mi madre había conservado varias cosas de mi padre en un antiguo cofre marino. Yo las había mirado por encima, pero no había descubierto nada que despertase mi interés.

»—Quizá no es muy probable que supiera usted reconocer la importancia de estos documentos —dijo sonriendo.

»Pues bien, me fui al cofre, saqué los pocos papeles que contenía y se los llevé. Él los miró, pero dijo que era imposible decidir, de momento, cuáles podían o no podían tener relación con el asunto al que se había referido. Que se los llevaría y se comunicaría conmigo si el resultado era positivo.

»Con el último correo del sábado recibí una carta suya en la que me proponía que acudiese a su casa para hablar del asunto. Me daba su dirección: Whitefriars, Friars Lane, Hampstead. Debía estar allí esta mañana a las once menos cuarto.

»Me retrasé un poco buscando el lugar. Crucé la puerta rápidamente y me dirigía a la casa cuando, de pronto, salieron de entre la maleza esos dos hombres horribles y saltaron sobre mí. No tuve tiempo de llamar a nadie. Uno de ellos me tapó la boca con la mano. Retorciéndome, he podido apartar la cabeza y pedir socorro. Por fortuna, me ha oído usted. A no ser por usted... —Y se detuvo. Su mirada era más elocuente que todas las palabras.

—Estoy muy contento de haber acertado a estar allí. Vive Dios que me gustaría atrapar a esos dos brutos. Supongo que usted no los había visto nunca...

Ella movió la cabeza.

—¿Qué cree usted que significa esto?

—Es difícil de decir. Pero hay algo que parece bastante seguro: alguien anda buscando algo entre los papeles de su padre. Ese Reid le ha contado una historia disparatada para tener la oportunidad de examinarlos. Evidentemente, lo que él quería no estaba allí.

—Oh —dijo Freda—, estoy pensando... Cuando volví a casa el sábado me pareció que alguien había tocado mis cosas. Para decirle la verdad, sospeché que mi patrona había registrado mi habitación por pura curiosidad, pero ahora...

—Tenga la seguridad de que fue así. Alguien logró entrar en su habitación y la registró sin encontrar lo que buscaba. Tuvo la sospecha de que usted conocía el valor de ese documento, cualquiera que fuese, y que lo llevaba encima. Por esto preparó la emboscada. Si lo llevaba encima, se lo quitaría. Si no lo llevaba, la mantendría prisionera e intentaría obligarla a revelar dónde lo tenía escondido.

—Pero ¿por qué? —dijo Freda.

—No lo sé, pero debe de ser algo muy importante para que él tenga que recurrir a estos medios.

—Esto no parece posible.

—Oh, no lo sé. Su padre era marino. Iba a países lejanos. Pudo haber encontrado algo cuyo valor no llegase a conocer nunca.

—¿Lo cree usted realmente? —Y en las pálidas mejillas de la muchacha apareció una ola rosada de excitación.

—Por supuesto que sí. La cuestión es: ¿qué hacemos ahora? Supongo que no desea acudir a la policía...

—Oh, no, se lo ruego.

—Me satisface oírle decir esto. No veo para qué podría servirnos la policía y solo nos acarrearía disgustos. Le propongo que me permita llevarla a almorzar a alguna parte y acompañarla a su domicilio para estar seguro de que ha llegado sin novedad. Y luego podríamos buscar el documento. Porque ya comprenderá usted que debe estar en alguna parte.

—Mi padre pudo haber destruido el papel.

—Desde luego, es posible, pero la parte contraria, evidentemente, no lo cree así y esto parece prometedor.

—¿Qué cree usted que puede ser? ¿Un tesoro escondido?

—¡Quizá sí sea un tesoro! —exclamó el mayor Wilbraham, sintiendo renacer en su interior todo su alegre entusiasmo de muchacho—. Pero ahora, miss Clegg, ¡el almuerzo!

El almuerzo les proporcionó un rato agradable. Wilbraham le habló a Freda de su vida en África Oriental. Le describió las cacerías de elefantes y la muchacha se emocionó. Cuando terminaron, insistió en acompañarla a su casa en un taxi.

Su alojamiento estaba cerca de Notting Hill Gate. A su llegada, Freda mantuvo una breve conversación con su patrona. Volviéndose hacia Wilbraham, lo condujo al segundo piso, donde tenía un pequeño escritorio y una salita.

—Es exactamente como lo habíamos pensado —le dijo—. El sábado por la mañana vino un hombre para colocar un nuevo cable eléctrico. Dijo que había un defecto en la instalación de mi dormitorio. Estuvo allí un rato.

—Déjeme ver ese cofre de su padre —dijo Wilbraham.

Freda le mostró un arca con cantoneras de latón.

—Ya lo ve —dijo levantando la tapa—: Está vacío.

El soldado hizo un gesto afirmativo con expresión pensativa.

—¿Y no hay papeles en ninguna otra parte?

—Estoy segura de que no los hay. Mi madre lo guardaba todo aquí.

Wilbraham examinó el interior del cofre. De pronto, lanzó una exclamación.

—Aquí hay una hendidura en el forro. —Cuidadosamente, metió la mano palpando por todas partes y se vio recompensado por un ligero crujido—. Algo se había deslizado por ahí detrás.

Al cabo de un minuto, había sacado el objeto oculto: un trozo de papel sucio y doblado varias veces. Lo alisó sobre la mesa mientras Freda lo miraba por encima del hombro. La joven dejó oír una exclamación de desencanto.

—¡No es más que un montón de señales raras!

—¡Cómo! ¡Pero si esto está escrito en *swahili*! ¡El *swahili* entre todas las lenguas! —exclamó el mayor Wilbraham—. El dialecto indígena de África Oriental, ya comprende.

—¡Qué extraordinario! —dijo Freda—. ¿Entonces puede entenderlo?

—Bastante. Pero ¡qué sorprendente! —Y se llevó el papel a la ventana.

—¿Ve algo? —preguntó Freda con voz trémula. Wilbraham lo leyó dos veces y regresó junto a la muchacha.

—¡Vamos! —dijo riendo entre dientes—. Aquí tiene un tesoro escondido.

—¿Un tesoro escondido? ¿De verdad? ¿Quiere decir oro español, un galeón sumergido o este tipo de historias?

—Quizá algo no tan romántico como eso, pero el resultado es el mismo. Este papel señala el escondrijo de un almacén de marfil.

—¿Un almacén de marfil? —preguntó la joven, asombrada.

—Sí, elefantes, ya comprende. Hay una ley que limita el número de los que pueden matarse. Algún cazador la desobedeció en gran escala. Le siguieron la pista y él escondió su mercancía. Hay una cantidad enorme... y aquí se dan claras instrucciones para encontrarlo. Escuche: tendremos que ir a buscarlo usted y yo.

—¿Quiere decir que esto representa mucho dinero?

—Una bonita fortuna para usted.

—Pero ¿cómo estaba este papel entre las cosas de mi padre?

Wilbraham se encogió de hombros.

—Quizá el hombre estaba muriendo o corría un gran peligro. Es posible que escribiese el papel en *swahili* para protegerse y que se lo diese a su padre, que pudo haberlo protegido de algún modo. Al no entender lo que decía, su padre no le dio importancia. Esta no es más que una conjetura mía, pero me atrevo a creer que no está lejos de la verdad.

—¡Qué emocionante! —dijo Freda Clegg con un suspiro.

—El caso es: ¿qué hacemos con ese valioso documento? —dijo Wilbraham—. No me gusta la idea de dejarlo aquí. Podrían volver y hacer otro registro. Supongo que no me lo confiaría usted a mí...

—Naturalmente que se lo confiaría. Pero ¿no podría ser peligroso para usted? —le preguntó desalentada.

—Yo soy duro de pelar —dijo Wilbraham sombríamente—. No tiene que inquietarse por mí. —Y doblando el papel, se lo guardó en la cartera—. ¿Puedo venir a verla mañana? Para entonces ya habré trazado un plan y quiero situar esos lugares en mi mapa. ¿A qué hora vuelve usted de la City?

—Hacia las seis y media.

—Perfectamente. Nos reuniremos y quizá luego me permitirá que la lleve a cenar. Tenemos que celebrar esto. Entonces, adiós. Hasta mañana a las seis y media.

Al día siguiente, el mayor Wilbraham llegó con puntualidad. Llamó a la puerta y preguntó por miss Clegg. A la llamada había acudido una doncella.

—¿Miss Clegg? Ha salido.

—¡Oh! —Wilbraham no quiso entrar para esperarla y contestó—. Ya volveré.

Y se quedó vagando por la calle y esperando ver llegar a Freda. Pasaron los minutos. Dieron las siete menos cuarto. Las siete. Las siete y cuarto. No había aún señales de Freda. Empezó a sentirse dominado por la inquietud. Volvió a la casa y llamó de nuevo.

—Escuche —le dijo a la doncella—. Yo tenía una cita con miss Clegg a las seis y media. ¿Está segura de que no ha vuelto o no ha dejado ningún recado?

—¿Es usted el mayor Wilbraham? —preguntó la mujer.

—Sí.

—Entonces hay aquí una nota para usted. La han traído a mano.

Wilbraham la cogió y abrió. Decía así:

Querido mayor Wilbraham:

Ha ocurrido algo extraño. No escribiré más ahora, pero ¿quiere usted reunirse conmigo en Whitefriars? Venga tan pronto como reciba la presente.

Sinceramente suya,

Freda Clegg

Wilbraham frunció las cejas y pensó rápidamente. Su mano sacó con aire distraído una carta del bolsillo. Estaba dirigida a su sastre.

—No sé —le dijo a la camarera— si podría usted proporcionarme un sello de correos.

—Supongo que Mrs. Parkins podrá ayudarle.

Y volvió al cabo de un momento con el sello, que el mayor pagó con un chelín. Al cabo de otro momento, Wilbraham estaba camino de la estación de metro y echó el sobre a un buzón que encontró por el camino.

Movió la cabeza. ¡Entre todas las tonterías que podían hacerse...! ¿Habría reaparecido Reid? ¿Había logrado de algún modo que la muchacha confiase en él? ¿Qué era lo que le había hecho ir a Hampstead?

Consultó su reloj. Casi las siete y media. Ella debía haber contado con que él se pondría en camino a las seis y media. Una hora de retraso. Era demasiado. Si hubiese tenido la picardía de hacerle alguna indicación...

La carta le daba que pensar. Fuera como fuese, aquel tono frío no era característico de Freda.

Eran las ocho menos diez cuando llegó a Friars Lane. Estaba oscureciendo. Miró vivamente a su alrededor. No había nadie a la vista. Empujó con suavidad la raquítica puerta, que giró sin ruido sobre sus goznes. El camino de los coches estaba desierto. La casa estaba oscura. Subió por el sendero con cautela, mirando a un lado y a otro. No se proponía dejarse atrapar por sorpresa.

Entonces se detuvo. Por un instante había asomado un rayo de luz a través de uno de los postigos. La casa no estaba vacía. Había alguien en su interior.

Wilbraham se deslizó despacio por entre los arbustos y dio la vuelta a la casa hasta alcanzar la parte trasera. Finalmente, encontró lo que andaba buscando. Una de las ventanas de la planta baja no estaba cerrada. Era la ventana de una especie de lavadero. Levantó el marco, encendió una linterna (la había comprado en una tienda de camino hacia allí), iluminó el interior desierto de la habitación y entró.

Con cuidado, abrió la puerta del lavadero. No oyó ningún ruido. Una vez más encendió la linterna. Una cocina vacía... Fuera de la cocina había media docena de peldaños y una puerta que, evidentemente, conducía a la parte delantera de la casa.

Abrió la puerta y escuchó. Nada. La atravesó y se encontró en el vestíbulo. Tampoco ahora llegó ningún ruido. Había una puerta a la derecha y otra a la izquierda. Eligió la de la derecha, escuchó durante algún tiempo y luego le dio la vuelta al picaporte, que cedió. Abrió la puerta poco a poco y penetró en el interior.

En aquel preciso instante, oyó un ruido detrás de él y se dio la vuelta... demasiado tarde. Algo había caído sobre su cabeza y lo derribó, dejándolo sin conocimiento.

Wilbraham no tenía ni idea del tiempo que tardó en recobrarlo. Volvió a la vida penosamente, con dolor de cabeza. Intentó moverse y no pudo. Estaba atado con cuerdas.

Repentinamente, tuvo plena conciencia de su estado. Ahora lo recordaba. Había recibido un golpe en la cabeza.

Una débil claridad sobre la parte posterior de la pared le mostró que estaba en un pequeño sótano. Miró a su alrededor y su corazón dio un brinco. A pocos pies de distancia yacía Freda, atada a él. Tenía los ojos cerrados, pero, mientras él la observaba con ansiedad, suspiró y los abrió. Su aturdida mirada se fijó en él y expresó la alegría con que le había reconocido.

—¡Usted también! —exclamó ella—. ¿Qué ha ocurrido?

—La he desamparado a usted tristemente —dijo Wilbraham—. He caído de cabeza en la trampa. Dígame: ¿me ha enviado usted una nota rogándome que viniese a encontrarme con usted aquí?

—¿Yo? —contestó la muchacha, abriendo los ojos con asombro—. Ha sido usted quien me la ha enviado a mí.

—Oh, así que yo he enviado una nota.

—Sí. La recibí en la oficina. Esta nota me pedía que me reuniese con usted aquí y no en casa.

—El mismo método para los dos —gimió él, y explicó la situación.

—Ya comprendo —dijo Freda—. Entonces la idea era...

—Conseguir el papel. Debieron seguirnos ayer. Así es como han caído sobre mí.

—Y... ¿se lo han quitado? —preguntó Freda.

—Por desgracia, no puedo tocarme y comprobarlo —contestó el soldado, mirando con expresión lastimera sus manos atadas.

Y entonces los dos se sobresaltaron. Porque habló una voz.

Una voz que parecía venir del aire.

—Sí, gracias —dijo—. Se lo he quitado, no hay la menor duda sobre esto.

Y otra voz desconocida hizo que los dos se estremecieran.

—Mr. Reid —murmuró Freda.

—Mr. Reid es uno de mis nombres, mi querida señorita —dijo la voz—. Pero solo uno de ellos. Tengo otros muchos. Ahora bien, siento tener que decirles que han interferido ustedes en mis planes, algo que nunca consiento. Su descubrimiento de esta casa es un asunto grave. No se lo han comunicado aún a la policía, pero podrían hacerlo más tarde.

»Mucho me temo que no puedo fiarme de ustedes. Podrían prometerme... pero las promesas rara vez se cumplen. Y ya lo ven, esta casa es muy útil para mí. Es, como podrían ustedes decir, mi casa de liquidaciones. La casa de la que no se vuelve. Desde aquí se pasa... a otra parte. Siento tener que decirles que esto es lo que van ustedes a hacer. Lamentable, pero necesario.

La voz se detuvo un segundo y continuó luego diciendo:

—Nada de sangre. El derramamiento de sangre me resulta odioso. Mi método es mucho más sencillo. Y, en realidad, no excesivamente doloroso, me parece. Bien, ahora tengo ya que retirarme. Buenas noches a los dos.

—¡Oiga! —exclamó Wilbraham—. Haga lo que quiera conmigo, pero esta señorita no ha hecho nada... nada. Dejarla libre no puede perjudicarle.

No hubo contestación. En aquel momento, Freda Clegg gritó:

—¡El agua... el agua!

Wilbraham se giró como pudo y siguió la dirección de los ojos de la chica. Por un agujero cercano al techo manaba con firmeza un chorrito de agua. Freda lanzó un grito histérico:

—¡Van a ahogarnos!

El sudor apareció en la frente de Wilbraham.

—Aún no hemos terminado —dijo—. Gritaremos pidiendo socorro. Alguien nos oirá. Vamos: los dos a la vez.

Y ambos se pusieron a lanzar gritos y alaridos con todas sus fuerzas, sin detenerse hasta que se quedaron roncos.

—Me temo que es inútil —dijo Wilbraham con tristeza—. Este sótano es muy profundo y supongo que las puertas están acolchadas. Después de todo, si pudieran oírnos no dudo de que ese bruto nos hubiera amordazado.

—¡Oh! —exclamó Freda—. Y todo es por mi culpa. Yo lo he metido en esta aventura.

—No sufra por eso, dulce niña. Estoy pensando en usted, y no en mí. Yo me he encontrado en otros trances apurados como este y he salido de ellos. No se desanime. Yo la sacaré de aquí. Tenemos tiempo de sobra. Según la cantidad de agua que cae, habrán de pasar algunas horas antes de que ocurra lo peor.

—¡Qué admirable es usted! —dijo Freda—. Nunca había encontrado a nadie como usted... salvo en los libros.

—Tonterías... Esta es una cuestión de puro sentido común. Ahora tenemos que aflojar estas cuerdas infernales.

Al cabo de un cuarto de hora de esforzarse y retorcerse, Wilbraham tuvo la satisfacción de observar que sus ligaduras se habían aflojado considerablemente. Pudo entonces arreglárselas para doblar la cabeza y levantar las muñecas hasta lograr atacar los nudos con los dientes.

Una vez consiguió tener las manos libres, el resto era solo cuestión de tiempo. Aunque entumecido y rígido, pudo inclinarse sobre la muchacha. Transcurrido un minuto, también ella quedó libre.

Hasta aquel momento, el agua solo les había llegado a los tobillos.

—Y ahora vamos a salir de aquí —dijo el soldado.

La puerta del sótano estaba unos cuantos peldaños más arriba.

El mayor Wilbraham la examinó.

—Aquí no hay dificultad —dijo—. Un material endeble. Pronto cederá por los goznes.

Y, aplicando los hombros, la empujó. La madera crujió, se oyó un estallido y la puerta cedió a sus pies.

Fuera había un tramo de escaleras y, en su parte superior, otra puerta (muy diferente) de madera sólida, atrancada con hierro.

—Esa será un poco más difícil —dijo Wilbraham—. ¡Ajá! Estamos de suerte, no la han cerrado.

La empujó, miró a su alrededor e hizo una señal a la muchacha para que se acercase. Ambos salieron a un corredor, detrás de la cocina. Un minuto después se hallaban al aire libre, en Friars Lane.

—¡Oh! —exclamó Freda con un pequeño sollozo—. ¡Oh, qué terrible ha sido!

—¡Querida mía! —contestó él, y la tomó en sus brazos—. ¡Has sido tan admirablemente valiente, Freda...! Ángel mío..., ¿podrías algún día..., quiero decir, querrías...? Te quiero, Freda, ¿quieres casarte conmigo?

Tras un intervalo adecuado y altamente satisfactorio por ambas partes, el mayor Wilbraham dijo riendo entre dientes:

—Y lo que es más, tenemos aún el secreto del escondrijo de marfil.

—¡Pero esto te lo quitaron!

—Esto es justamente lo que no han hecho —replicó el mayor, riendo de nuevo—. Como comprenderás, hice una copia falsa y, antes de reunirme contigo esta noche, puse el verdadero papel en una carta dirigida a mi sastre y que eché al correo. Lo que han cogido ha sido la copia falsa... ¡y que les aproveche! ¿Sabes lo que vamos a hacer, querida? ¡Vamos a irnos a África Oriental a pasar la luna de miel y recoger el marfil!

* * *

Mr. Parker Pyne salió de su despacho y subió dos tramos de escalera. Allí, en la habitación del piso más alto de la casa, estaba sentada Mrs. Oliver, la sensacional novelista, que había formado parte del Estado Mayor de Mr. Parker Pyne.

Mr. Parker Pyne llamó a la puerta y entró. Mrs. Oliver

estaba ante una mesa que contenía una máquina de escribir, varios cuadernos de notas, una confusión general de manuscritos sueltos y un gran saco de manzanas.

—Una excelente historia, Mrs. Oliver —dijo Mr. Parker Pyne de buen humor.

—¿Ha salido bien? —preguntó ella—. Lo celebro.

—Referente al asunto del agua en el sótano —dijo Mr. Parker Pyne—, ¿no cree usted que en una futura ocasión podría usarse quizá algo más original? —terminó con la adecuada timidez.

Mrs. Oliver cogió una manzana del saco.

—No lo creo, Mr. Parker Pyne. Ya lo ve usted, la gente está acostumbrada a leer estas cosas: agua que va subiendo en el sótano, gas venenoso, etc. Si se sabe de antemano, aumenta la emoción cuando le ocurre a uno mismo. El público es conservador, Mr. Parker Pyne, le gustan los recursos gastados.

—Bien, usted debe de saberlo mejor —admitió Mr. Parker Pyne, recordando que estaba hablando con la autora de noventa y seis novelas de gran éxito en Inglaterra y América, traducidas al francés, al alemán, al italiano, al húngaro, al finlandés, al japonés y al abisinio—. ¿Qué hay de los gastos?

Mrs. Oliver le acercó un papel.

—En general, moderados. Los dos negros, Percy y Jerry, querían muy poca cosa. El joven Lorrimer, el actor, ha aceptado de buen grado el papel de Mr. Reid por cinco guineas. El discurso del sótano era, por supuesto, un disco de gramófono.

—Whitefriars me ha resultado muy útil —dijo Mr. Parker Pyne—. Lo compré por cuatro perras y ha sido ya el escenario de once dramas emocionantes.

—Oh, me olvidaba —dijo Mrs. Oliver—. El sueldo de Johnny, cinco chelines.

—¿Johnny?

—Sí, el muchacho que ha echado el agua con las regaderas por el agujero de la pared.

—Ah, sí. Y a propósito, Mrs. Oliver, ¿cómo es que sabe usted *swahili*?

—No sé una palabra de ese dialecto.

—Comprendo. ¿El Museo Británico, quizá?

—No. La Oficina de Información del Selfridges.

—¡Qué maravillosos son los recursos del comercio moderno! —murmuró él.

—Lo único que me disgusta es que esos dos muchachos no van a encontrar ni rastro de marfil cuando lleguen allí.

—En este mundo, no puede uno tenerlo todo —dijo Mr. Parker Pyne—. Tendrán una luna de miel.

* * *

Mrs. Wilbraham ocupaba un sillón de la cubierta. Su esposo estaba escribiendo una carta.

—¿Qué fecha es hoy, Freda?

—Dieciséis.

—¡Dieciséis! ¡Válgame Dios!

—¿Qué pasa, querido?

—Nada, que acabo de acordarme de un tipo llamado Jones.

Por muy bien que se haya uno casado, hay algunas cosas que no cuenta nunca.

«Al diablo con toda la historia —pensó el mayor Wilbraham—. Debería haber llamado allí y haber ido a recoger mi dinero. —Y luego, siendo un hombre justo, consideró el otro aspecto del problema—. Después de todo, fui yo quien faltó a lo pactado. Debo suponer que, si hubiese ido a ver a ese Jones, algo habría sucedido. Y de todos modos, tal como han ocurrido las cosas, si no hubiese salido para ir a verlo, no habría oído a Freda pedir socorro ni nos hubiéramos conocido. ¡Y así, por casualidad, quizá tiene derecho a las cincuenta libras!»

Por su parte, Mrs. Wilbraham se decía, siguiendo sus propios pensamientos:

«¡Qué tonta fui al creer aquel anuncio y dar a esa gente tres guineas! Por supuesto, ellos no han tenido parte alguna en el asunto ni ocurrió nada. ¡Si yo hubiese sabido lo que iba a suceder...! Primero Mr. Reid y, luego, ¡el modo extraño y romántico de entrar este hombre en mi vida! ¡Y pensar que, a no ser por pura casualidad, no hubiera llegado a conocerlo!»

Y volviéndose, dirigió a su esposo una mirada de adoración.

El caso de la dama acongojada

El timbre de la mesa de Mr. Parker Pyne zumbó discretamente.

—¿Qué hay? —preguntó el gran hombre.

—Una señorita desea verle —anunció su secretaria—. No tiene hora.

—Puede usted hacerla pasar, miss Lemon.

Y al cabo de un momento estrechaba la mano de su visitante.

—Buenos días —le dijo—. Hágame el favor de tomar asiento.

La recién llegada se sentó y miró a Mr. Parker Pyne. Era bonita y muy joven. Tenía el cabello oscuro y ondulado, con una hilera de rizos sobre la nuca. Iba muy bien arreglada, desde el gorrito blanco de punto que llevaba en la cabeza hasta las medias transparentes y los lindos zapatitos. Era evidente que estaba nerviosa.

—¿Es usted Mr. Parker Pyne?

—Yo soy.

—¿El que... que pone los anuncios? Dice usted que si las personas no son... no son felices, que vengan a verle.

—Sí.

—Pues bien —dijo ella lanzándose de cabeza—, yo soy horriblemente desgraciada, de modo que he pensado que podía acercarme a ver... únicamente a ver...

Mr. Parker Pyne esperó. Sabía que diría algo más.

—Me encuentro... me encuentro en un apuro terrible. —Y retorció sus manos muy nerviosamente.

—Ya lo veo —dijo Mr. Parker Pyne—. ¿Cree que puede contarme el caso?

Al parecer, la muchacha no estaba muy segura de eso. Con aire desesperado, miró a Mr. Parker Pyne. De pronto, se puso a hablar precipitadamente.

—Sí, se lo diré... Ya me he decidido. Los nervios me están volviendo loca. No sabía qué hacer ni a quién acudir. Y entonces vi su anuncio. Pensé que, probablemente, no era más que una manera de sacar dinero, pero quedó grabado en mi memoria. Por una u otra razón, parecía tan consolador... Y pensé, además, que..., bien, que no habría ningún mal en venir a ver... Siempre podría dar una excusa y retirarme acto seguido si no..., bien, si no...

—Está claro, está claro —dijo Mr. Parker Pyne.

—Ya lo ve —añadió la muchacha—. Esto significa..., bueno, confiar en alguien.

—¿Y tiene usted la sensación de que puede confiar en mí?

—Es raro —contestó la muchacha con inconsciente descortesía—, pero tengo la sensación de que sí, ¡sin saber nada de usted! Estoy segura de que puedo confiar en usted.

—Puedo asegurarle —afirmó Mr. Parker Pyne— que su confianza no será mal empleada.

—Entonces —dijo la joven— le contaré el caso. Me llamo Daphne Saint John.

—Sí, miss Saint John.

—Señora. Estoy... estoy casada.

—¡Bah! —murmuró Mr. Parker Pyne, molesto consigo mismo al advertir la presencia del aro de platino en el dedo corazón de su mano izquierda—. Qué estúpido soy por no haberme fijado.

—Si no estuviera casada —dijo la muchacha—, no me

importaría tanto. Quiero decir que el caso sería mucho menos grave. Me refiero a Gerald... Bien, ahí... ¡ahí está el verdadero problema!

Buscó en su bolso y sacó de él un objeto que tiró sobre la mesa: un objeto centelleante que fue a parar donde estaba Mr. Parker Pyne.

Era un anillo de platino con un gran solitario.

Mr. Parker Pyne lo recogió, lo llevó junto a la ventana, lo puso a prueba contra el cristal de la misma, se aplicó al ojo una lente de joyero y lo examinó de cerca.

—Un diamante muy hermoso —observó, regresando a la mesa—. Yo le daría un valor de dos mil libras, por lo menos.

—Sí. ¡Y ha sido robado! ¡Lo he robado yo! ¡Y no sé qué hacer!

—¡Válgame Dios! —exclamó Mr. Parker Pyne—. Esto es muy interesante.

Su clienta se descompuso y empezó a sollozar sobre un pañuelo poco adecuado para el caso.

—Vamos, vamos —dijo Mr. Parker Pyne—. Todo se arreglará.

La muchacha se enjugó los ojos y resolló:

—¿Se arreglará? ¡Oh! ¿Podrá arreglarse?

—Desde luego. Cuénteme ahora toda la historia.

—Bien, todo empezó por encontrarme yo apurada. Ya lo ve usted, soy horriblemente caprichosa. Y esto a Gerald le enfada mucho. Gerald es mi marido. Tiene muchos años más que yo y su modo de pensar es..., bueno, muy austero. Considera las deudas con horror. Por consiguiente, no se lo he dicho. Y me fui a Le Touquet con algunas amigas y pensé que quizá podría tener suerte y pagar lo que debía. Efectivamente, al principio gané. Y luego perdí y creí que debía continuar. Y continué. Y... y...

—Sí, sí —dijo Mr. Parker Pyne—. No necesita entrar en detalles. Su suerte fue peor que nunca. ¿No es así?

Daphne Saint John hizo un gesto afirmativo.

—Y desde entonces, ya comprende, no podía decírselo a Gerald sencillamente porque no soporta el juego. Oh, me encontré metida en un lío espantoso. Bien, fuimos a pasar unos días con los Dortheimer, cerca de Cobham. Por supuesto, él es enormemente rico. Su esposa, Naomi, fue compañera mía de colegio. Es una mujer bonita y amable. Estando nosotros allí, se le aflojó la montura de este anillo. La mañana en que íbamos a despedirnos de ellos, me rogó que me lo llevase y lo dejase en casa de un joyero, en Bond Street. —Y se detuvo.

—Y ahora llegamos al episodio más delicado —dijo Mr. Parker Pyne para ayudarla—. Continúe, Mrs. Saint John.

—¿No lo revelará usted nunca? —preguntó la joven con tono suplicante.

—Las confidencias de mis clientes son sagradas. Y de todos modos, Mrs. Saint John, me ha dicho usted ya tanto que probablemente podría terminar la historia yo mismo.

—Es verdad. Es muy cierto. Pero me disgusta mucho decirlo... Parece algo tan horrible... Fui a Bond Street. Hay allí otra tienda, Viro's. Estos... copian las joyas. De pronto, perdí la cabeza. Cogí el anillo y dije que quería una copia exacta, que me iba al extranjero y no quería llevarme las joyas verdaderas. Al parecer lo encontraron muy natural.

»Pues bien: recogí el anillo con el diamante falso (y era tan perfecta la imitación que no lo hubiera usted distinguido del original) y se la envié por correo certificado a lady Dortheimer. Yo tenía un estuche con el nombre de su joyero, de modo que todo ofrecía la mejor apariencia, y el paquete tenía un aspecto enteramente profesional. Y entonces yo... empeñé el verdadero diamante. —Y se cubrió la cara con las manos—. ¿Cómo pude hacer esto? ¿Cómo pude hacerlo? Esto era, sencillamente, un robo corriente y miserable.

Mr. Parker Pyne tosió y dijo:

—Me parece que no ha llegado aún al final de la historia.

—No, no he llegado. Esto, como usted comprende, ocurrió hace unas seis semanas. Pagué todas mis deudas y salí de mis apuros, pero, por supuesto, no dejé de sentirme desventurada. Un primo mío ya anciano murió entonces y recibí algo de dinero. Lo primero que hice fue desempeñar este miserable anillo. Bien, esto iba perfectamente y aquí está. Pero ha sobrevenido una terrible dificultad.

—Usted dirá.

—Hemos reñido con los Dortheimer. Ha sido a propósito de algunos valores que Gerald compró a instancias de sir Reuben. Esto a Gerald le había causado serias dificultades y no se ha abstenido de decirle a sir Reuben lo que pensaba de él. Y... ¡Oh, todo esto es horrible! ¿Cómo puedo yo ahora devolver el anillo?

—¿No podría enviárselo a lady Dortheimer anónimamente?

—Si lo hiciese, se descubriría todo. Ella haría examinar su propio anillo, sabría que es una falsificación y se figuraría inmediatamente lo que he hecho.

—Me ha dicho que es amiga suya. ¿Y si fuese a verla para confesarle toda la verdad... abandonándose al afecto que siente por usted?

Mrs. Saint John movió la cabeza.

—Nuestra amistad no llega a este punto. Cuando se trata de dinero o de joyas, Naomi es dura como el hierro. Quizá no intentaría procesarme si le devolviera el anillo, pero podría contarle a todo el mundo lo que he hecho, y esto significaría nuestro descrédito. Gerald lo sabría y no me lo perdonaría nunca. ¡Oh, qué horrible es todo esto! —Y reanudó su llanto—. He pensado en ello, ¡y no acierto a ver qué camino podría seguir! Oh, Mr. Parker Pyne, ¿no puede usted hacer algo?

—Varias cosas —dijo Mr. Parker Pyne.

—¿Puede usted? ¿De verdad?

—Sí, puedo. Le he indicado el modo más sencillo porque mi larga experiencia me ha dicho que es siempre el mejor. Es el que evita complicaciones imprevistas. No obstante, aprecio la fuerza de sus objeciones. En este momento, nadie conoce su desdichado caso, ¿no es cierto? ¿Nadie más que usted misma?

—Y usted —dijo Mrs. Saint John.

—Oh, yo no cuento. Bien, entonces por ahora su secreto está seguro. Todo lo que se necesita es cambiar los anillos de algún modo discreto, sin que despierte sospechas.

—Exactamente —dijo la muchacha con ansiedad.

—Esto no será difícil. Tendremos que tomarnos algo de tiempo para considerar mejor el método...

—¡Pero es que no hay tiempo! —exclamó ella interrumpiéndolo—. Esto es lo que casi me vuelve loca. Va a hacerse montar el anillo.

—¿Cómo lo sabe usted?

—Por pura casualidad. Almorzando el otro día con una amiga, tuve ocasión de admirar un anillo que llevaba: una enorme esmeralda. Dijo que era la última moda y que Naomi Dortheimer iba a hacer montar su diamante de aquella manera.

—Lo que significa que tendremos que actuar de inmediato —dijo Mr. Parker Pyne con aire pensativo.

—Sí, sí.

—Y significa poder entrar en la casa, y si es posible no como parte del servicio. Los criados tienen pocas oportunidades de manejar anillos de gran valor. ¿Tiene usted alguna idea, Mrs. Saint John?

—Puedo decirle que Naomi da una fiesta el miércoles. Y esta amiga mía me dijo que anda buscando una pareja de baile profesional. No sé si ha decidido ya algo.

—Creo que eso puede arreglarse —dijo Mr. Parker Pyne—. Si el asunto está ya decidido, resultará algo más caro: esta es la única diferencia. Otra cosa: ¿sabe usted por casualidad dónde está colocado el interruptor general de la luz?

—Da la casualidad de que lo sé porque hace poco se quemó un fusible de noche, cuando los criados se habían ido a descansar. Está en una caja, al fondo del vestíbulo, dentro de un pequeño armario.

Y a instancias de Mr. Parker Pyne hizo un dibujo.

—Y ahora —dijo él— todo irá perfectamente. Por lo tanto, no se inquiete, Mrs. Saint John. ¿Qué hacemos con el anillo? ¿Lo recojo yo ahora o prefiere usted guardarlo hasta el miércoles?

—Bien, quizá podría guardarlo hasta entonces.

—Ahora no debe inquietarse más, téngalo presente —le dijo Mr. Parker Pyne.

—¿Y sus... honorarios? —preguntó ella con timidez.

—Esto puede aplazarse, de momento. El miércoles le diré qué gastos han sido necesarios. Le aseguro que mis honorarios serán reducidos.

La acompañó hasta la puerta y oprimió luego el botón que había sobre la mesa.

—Envíeme a Claude y a Madeleine.

Claude Lutrell era uno de los ejemplares mejor parecidos de bailarín de salón que pudieran encontrarse en Inglaterra. Madeleine de Sara era la más seductora de las vampiresas.

Mr. Parker Pyne les dirigió una mirada de aprobación.

—Hijos míos —les dijo—, tengo un trabajo para vosotros. Vais a ser una pareja de bailarines de espectáculos internacionalmente famosos. Ahora, escúchame con atención, Claude, y procura entenderme bien...

* * *

Lady Dortheimer quedó enteramente satisfecha de las disposiciones tomadas para su baile. Observó y aprobó la colocación de las flores que adornaban sus salones, dio unas cuantas órdenes finales a su mayordomo ¡y le comunicó a su esposo que, hasta aquel momento, todo lo proyectado había salido a pedir de boca!

Le había causado un ligero desencanto el hecho de que Michael y Juanita, los bailarines del Red Admiral, hubiesen comunicado a última hora que les era imposible cumplir su compromiso por haberse torcido ella el tobillo, pero que le enviaban una pareja que (según le contaron por teléfono) había hecho furor en París.

Estos bailarines llegaron oportunamente y merecieron la aprobación de lady Dortheimer. Jules y Sanchia actuaron causando gran sensación, ejecutando primero una agitada danza española, luego otra danza llamada *El sueño del degenerado* y, por fin, una exquisita exhibición de bailes modernos.

Terminó el cabaret y se reanudó el baile normal. El hermoso Jules solicitó el honor de bailar con lady Dortheimer. Los dos se alejaron como si flotasen en el aire. Lady Dortheimer nunca había tenido una pareja tan perfecta.

Sir Reuben iba buscando a la seductora Sanchia en vano. No estaba en el salón.

Lo cierto es que se encontraba en el desierto vestíbulo, cerca de una pequeña caja y con los ojos en el reloj adornado con piedras preciosas que llevaba en la muñeca.

—Usted no es inglesa, no es posible que sea inglesa para bailar como baila —murmuró Jules al oído de lady Dortheimer—. Usted es un hada, el espíritu de *Drouschka petrovka navarouchi.*

—¿Qué lengua es esta?

—Ruso —contestó Jules mintiendo—. Digo en ruso algunas cosas que no me atrevo a decir en inglés.

Lady Dortheimer cerró los ojos. Jules la apretó más contra él. De pronto, se apagaron las luces. En la oscuridad, Jules se inclinó y besó la mano que descansaba en su hombro. Al retirarse ella, él se la cogió y la levantó de nuevo hasta sus labios. En su propia mano quedó el anillo que había resbalado del dedo de ella. A lady Dortheimer le pareció que la oscuridad había durado solo un segundo cuando las luces se encendieron de nuevo. Jules estaba sonriéndole.

—Su anillo —le dijo—. Ha resbalado. ¿Me permite? —Y se lo colocó en el dedo.

Mientras lo hacía, sus ojos le dijeron a ella muchas cosas. Sir Reuben estaba hablando del interruptor general.

—Algún idiota que ha querido divertirse. Por lo que creo, una broma.

A lady Dortheimer no pareció interesarle demasiado aquel incidente. Esos pocos segundos de oscuridad habían sido muy gratos para ella.

* * *

Al llegar a su despacho la mañana del jueves, Mr. Parker Pyne encontró ya esperándole a Mrs. Saint John.

—Hágala pasar —dijo Mr. Parker Pyne.

—¡Dígame! —exclamó ella con ansiedad.

—Parece usted pálida —dijo él en tono acusador. Ella movió la cabeza.

—Esta noche no he podido dormir. Estaba pensando...

—Bien, aquí tiene la pequeña cuenta de los gastos. Billetes de tren, ropa y cincuenta libras a Michael y Juanita. Sesenta y cinco libras con diecisiete chelines.

—¡Sí, sí! Pero sobre la noche pasada... ¿Ha ido todo bien? ¿Se hizo eso?

Mr. Parker Pyne la miró con expresión de sorpresa.

—Mi querida señora, naturalmente que ha ido todo bien. Yo había dado por supuesto que usted lo entendía así.

—¡Qué alivio! Yo temía...

Mr. Parker Pyne movió la cabeza con expresión de reproche.

—Fracaso es una palabra que no se tolera en este establecimiento. Si yo no creo que pueda sacar el asunto adelante, no me encargo del caso. Si me encargo, el éxito está ya prácticamente asegurado.

—¿Tiene ya su anillo y no sospecha nada?

—Nada en absoluto. La operación se realizó del modo más delicado.

Daphne Saint John dejó escapar un suspiro.

—No sabe usted el peso que me quita de encima. ¿A cuánto ha dicho que ascienden los gastos?

—Sesenta y cinco libras con diecisiete chelines, eso es todo.

Mrs. Saint John abrió el bolso y contó el dinero. Mr. Parker Pyne le dio las gracias y le extendió un recibo.

—Pero ¿y sus honorarios? —murmuró Daphne—. Esto es solo por los gastos.

—En este caso no hay honorarios.

—¡Oh, Mr. Parker Pyne! ¡Yo no podría, de verdad!

—Mi querida señorita, debo insistir. No aceptaré un penique. Esto iría contra mis principios. Aquí tienen su recibo. Y ahora...

Con la sonrisa de un mago feliz que está dando término a una jugarreta afortunada, se sacó del bolsillo una cajita que empujó a través de la mesa. Daphne la abrió. Según todas las apariencias, contenía la imitación del anillo con el diamante.

—¡Malvada! —exclamó Mrs. Saint John haciéndole una mueca a la joya—. ¡Cómo te odio! Tengo ganas de tirarte por la ventana.

—Yo no lo haría —dijo Mr. Parker Pyne—. Eso podría sorprender a la gente.

—¿Está usted completamente seguro de que no es el verdadero? —preguntó Daphne.

—¡No, no! El que me enseñó usted el otro día está bien seguro en el dedo de lady Dortheimer.

—Entonces, todo está bien —dijo Daphne, levantándose con una sonrisa feliz.

—Es curioso que me haya preguntado usted eso —dijo Mr. Parker Pyne—. Por supuesto, Claude, pobre muchacho, no tiene mucho seso. Hubiera podido confundirse fácilmente. Y así, para asegurarme, lo he hecho examinar esta mañana por un perito.

Mrs. Saint John volvió a sentarse.

—¿Y qué... qué le ha dicho? —tartamudeó ansiosa.

—Que es una imitación extraordinariamente perfecta —dijo radiante Mr. Parker Pyne—. Un trabajo de primera clase. Y así, su conciencia quedará bien tranquila, ¿no es verdad?

Mrs. Saint John hizo el gesto de ir a decir algo. Luego se detuvo y se quedó mirando a Mr. Parker Pyne.

Este volvió a su asiento tras la mesa de trabajo y la miró con expresión de benevolencia.

—El gato que saca las castañas del fuego —dijo con gesto soñador—. No es un papel agradable. No me gusta hacérselo desempeñar a ninguno de mis colaboradores. Con perdón, ¿decía usted algo?

—Yo... no, nada.

—Bien. Deseo contarle un cuentecillo, Mrs. Saint John. Se refiere a una señorita. Una señorita rubia, me parece. No está casada. Su apellido no es Saint John. Su nombre de pila no es Daphne. Por el contrario, se llama Ernestine Richards y, hasta hace poco, ha sido la secretaria de lady Dortheimer.

»Pues bien, un día se aflojó la montura del diamante de lady Dortheimer y miss Richards trajo el anillo a Londres para que la fijasen. Muy parecida a la historia de usted, ¿no es verdad? La misma idea que se le ocurrió a usted se le ocurrió a ella: hizo hacer una imitación del anillo. Pero miss Richards era una joven previsora. Pensó en que llegaría un día en que lady Dortheimer descubriría la sustitución y que, cuando esto ocurriera, recordaría quién había traído el anillo a la ciudad e inmediatamente sospecharía de ella.

»Y entonces, ¿qué ocurrió? Primero, miss Richards se hizo teñir el pelo de un tono oscuro. —Y diciendo esto, dirigió una mirada inocente al cabello de su cliente—. Luego vino a verme. Me enseñó el anillo dejando que me asegurase de que el diamante era auténtico, a fin de evitar toda sospecha por mi parte. Hecho esto, y trazado el plan para sustituirlo, esta señorita llevó el anillo al joyero, que, a su debido tiempo, se lo devolvió a lady Dortheimer.

»Ayer tarde el otro anillo, el falso, fue entregado apresuradamente en el último momento en la estación de Waterloo. Muy acertadamente, miss Richards no creía probable que Mr. Lutrell fuese una autoridad en joyas. Pero yo, únicamente para asegurarme de que jugábamos limpio, me las arreglé para que un amigo mío, comerciante de diamantes, estuviese en el mismo tren. Esta persona examinó el anillo y declaró: "Este no es un verdadero diamante, es una excelente imitación".

»Se hace usted cargo del caso, ¿no es cierto, Mrs. Saint John? Cuando lady Dortheimer hubiese descubierto su pérdida, ¿qué sería lo que recordase? ¡Al encantador bailarín que había hecho resbalar de su dedo el anillo cuando se apagaron las luces! Hubiera hecho indagaciones y descubierto que los bailarines antes contratados habían sido pagados para no acudir a su casa. Si se seguía la pista del asunto hasta mi despacho, mi historia de una tal Mrs. Saint John no se sostendría en pie. Lady Dortheimer no ha conocido nunca a ninguna Mrs. Saint John.

»¿Comprende usted que yo no podía permitir esto? Por ello, mi amigo Claude volvió a colocar en el dedo de lady Dortheimer el mismo anillo que había quitado. —Y la sonrisa de Mr. Parker Pyne revelaba ahora benevolencia—. ¿Y comprende usted por qué yo no podía cobrar honorarios? Yo garantizo dar felicidad a mis clientes. Está claro que no se la he dado a usted. Solo añadiré una cosa: usted es joven y es posible que esta sea su primera tentativa de este género. Yo, por el contrario, tengo una edad relativamente avanzada y una larga experiencia en la compilación de estadísticas. Basándome en esta experiencia, puedo asegurarle que en el ochenta y siete por ciento de los casos la falta de honradez no es remuneradora. Ochenta y siete, ¡piense en ello!

Con un movimiento brusco, la supuesta Mrs. Saint John se levantó.

—¡Bruto, viejo gordo! —dijo—. ¡Dándome cuerda! ¡Haciéndome pagar los gastos! Y sabiendo desde el principio... —Al llegar aquí le faltaron palabras y corrió hacia la puerta.

—Recoja su anillo —dijo Mr. Parker Pyne ofreciéndoselo.

Ella se lo quitó de un tirón, lo miró y lo lanzó por la ventana abierta. Se oyó un portazo. Había salido.

Mr. Parker Pyne se había quedado mirando por la ventana con cierto interés.

—Lo que me figuraba —dijo—. Ha sido una sorpresa considerable. El caballero que vende bisutería ahí afuera no sabe qué hacer con él.

El caso del esposo descontento

No hay duda de que una de las mayores ventajas con que contaba Mr. Parker Pyne consistía en sus simpáticas maneras. Eran unas maneras que invitaban a la confianza. Conocía muy bien la clase de parálisis que invadía a sus clientes tan pronto como atravesaban la puerta de su despacho. Y Mr. Parker Pyne se ocupaba de allanarles el camino para que hiciesen las necesarias revelaciones.

Aquella mañana en particular se hallaba ante un nuevo cliente, un hombre llamado Reginald Wade. Según dedujo enseguida, Mr. Wade era un tipo inarticulado, de los que encuentran difícil expresar con palabras cualquier estado emocional.

Era un hombre alto y ancho de hombros, con agradables ojos azules y una piel bastante curtida. Se sentó mientras tiraba distraídamente de su pequeño bigote y miraba a Mr. Parker Pyne con el patetismo de un animal mudo.

—Vi su anuncio, ¿comprende? —dijo hablando a trompicones—. Pensé que podría probar suerte. Es una aventura extraña para mí, aunque nunca se sabe, ¿no es verdad?

Mr. Parker Pyne interpretó con acierto estas crípticas observaciones.

—Cuando las cosas van mal es cuando uno se siente dispuesto a probar fortuna.

—Este es el caso. Este es el caso, precisamente. Quiero probar suerte, cualquier clase de suerte. Las cosas me van mal, Mr. Parker Pyne. No sé qué hacer para remediarlo. Es un caso difícil, como comprenderá, endiabladamente difícil.

—Aquí es donde intervengo yo —dijo Mr. Parker Pyne—. ¡Yo sé lo que hay que hacer! Soy un especialista en todo género de disgustos humanos.

—Oh, yo diría... que eso es pretender mucho.

—No crea. Los disgustos humanos pueden clasificarse en muy pocos grupos: la falta de salud, el tedio, las mujeres que sufren a causa de sus maridos, los maridos —e hizo una pausa—que sufren a causa de sus mujeres...

—En realidad, ha dado usted en el clavo. Ha acertado totalmente.

—Cuénteme —dijo Mr. Parker Pyne.

—No hay mucho que contar. Mi mujer quiere que acceda a divorciarme de ella para poder casarse con otro.

—Lo cierto es que este es un caso muy frecuente en nuestros tiempos. Y usted, por lo que deduzco, no piensa igual que ella en este asunto.

—La quiero —dijo Mr. Wade sencillamente—. Ya lo ve usted, la quiero.

Aquella era una declaración sencilla y, en cierto modo, fría. Pero si Mr. Wade hubiera dicho: «La adoro. Besaría el suelo que pisa. Me dejaría la piel por ella», no habría resultado más explícito para Mr. Parker Pyne.

—No obstante, ya lo ve usted —continuó Mr. Wade—, ¿qué puedo hacer? Quiero decir que se siente uno tan desamparado... Si ella prefiere a ese otro individuo..., bueno, uno tiene que aceptar su papel: apartarse y dejarla hacer.

—¿Lo que propone es que usted se divorcie de ella?

—Por supuesto. Yo no permitiría que tuviera que arrastrarse por el juzgado de divorcios.

Mr. Parker Pyne se quedó con aire pensativo.

—Pero viene usted a verme. ¿Por qué?

El otro le contestó con una risa vergonzosa:

—No lo sé. Ya lo ve usted, no soy un hombre hábil. No se me ocurren ideas. He pensado que usted podría... sugerirme alguna. Tengo seis meses de tiempo. Ella está conforme con esto. Si al cabo de esos seis meses sigue pensando lo mismo..., bien, entonces yo me retiro. He pensado que usted podría darme algunas indicaciones. En este momento, todo cuanto yo hago le molesta.

»Ya ve usted, Mr. Parker Pyne, el asunto se reduce a lo siguiente: ¡no soy un tipo listo! Me gusta jugar al fútbol, me gusta jugar un partido de golf o de tenis, no sirvo para la música y el arte y todas esas cosas. Mi mujer es inteligente: le gustan la pintura, la ópera y los conciertos, y, naturalmente, se aburre conmigo. Ese otro individuo (un tipo desaliñado y de pelo largo) está versado en todas estas materias. Suele hablar de ellas. Y yo no sé. En cierto modo, puedo comprender que una mujer inteligente y bella esté harta de un asno como yo.

Mr. Parker Pyne murmuró:

—Y hace que está usted casado ¿cuánto tiempo...? ¿Nueve años? Y supongo que adoptó esta actitud desde el principio. Es una equivocación, mi querido señor, ¡una equivocación desastrosa! No adopte nunca con una mujer una actitud de excusa. Ella le dará el valor que se dé usted mismo... y usted se lo habrá merecido. Debería haberse enorgullecido de sus proezas atléticas. Debería haber hablado del arte y de la música como «de todas esas tonterías que le gustan a mi mujer».

»Nunca debería lamentar ante ella el hecho de no ser capaz de practicar mejor los deportes. ¡El espíritu humilde, mi querido señor, no sirve para nada en el matrimonio! No puede esperarse de ninguna mujer que lo resista. No es extraño que su esposa no lo haya resistido.

Mr. Wade estaba mirándolo desconcertado.

—Bien —dijo—. ¿Qué cree usted que debería hacer?

—Esta es la cuestión. Sea lo que sea, lo que debería haber hecho hace nueve años es demasiado tarde para hacerlo ahora. Hay que adoptar una nueva táctica. ¿Ha tenido alguna vez aventuras con otras mujeres?

—No, ninguna aventura.

—Quizá hubiera debido decir algún ligero galanteo...

—Nunca me han interesado demasiado las mujeres.

—Es un error. Debe usted empezar ahora.

Mr. Wade pareció alarmado.

—Oh, no podría, de verdad. Quiero decir...

—Esto no le ocasionará dificultades. La interesada será una mujer de mi propio personal. Ella le dirá lo que se requiere de usted, y queda entendido que cualquier atención que tenga usted con ella responderá únicamente a lo pactado.

Mr. Wade pareció animarse.

—Esto está mejor. Pero ¿cree usted realmente...? Quiero decir que me parece que esto solo aumentará el deseo de Iris de librarse de mí.

—No entiende usted la naturaleza humana, Mr. Wade. Y menos aún la naturaleza humana femenina. En este momento y desde el punto de vista femenino, usted es puramente un desecho. Nadie lo quiere. ¿Para qué le sirve a una mujer algo que nadie quiere? Para nada en absoluto. Pero considere el caso bajo otro ángulo. Suponga que su mujer descubre que está usted deseando recobrar la libertad tanto como ella...

—Debería quedar complacida.

—Debería, quizá, pero ¡no quedará complacida! Por otra parte, verá que ha atraído usted a otra joven encantadora..., a una muchacha que ha elegido a su gusto. Inmediatamente, su papel quedaría en alza. Su esposa será consciente de que todas sus amigas dirán que estaba usted cansado de ella y que quería casarse con una mujer más atractiva. Esto la molestará.

—¿Lo cree así?

—Estoy seguro de ello. Usted no será ya «ese pobre Reggie». Usted será «ese pícaro de Reggie». ¡La diferencia es inmensa! Sin abandonar al otro, querrá, sin duda, intentar conquistarlo a usted. Y usted no querrá ser reconquistado. Usted se mostrará inteligente y le repetirá sus propios argumentos: «Es mucho mejor que nos separemos», «Nuestros temperamentos no se avienen». Usted comprenderá que, aunque sea cierto que nunca la había entendido, como ella le decía, también lo es que ella nunca le había entendido a usted. Pero no necesitamos profundizar ahora en este punto. Recibirá instrucciones completas a su debido tiempo.

—¿Cree verdaderamente que este plan hará un milagro?

—No diré que estoy absolutamente seguro de ello —contestó Mr. Parker Pyne con cautela—. Cabe la posibilidad de que su esposa esté tan perdidamente enamorada de ese otro hombre que no le afecte ya nada de lo que usted pueda decir o hacer, pero esto lo considero improbable. Lo probable es que haya sido arrastrada a esta aventura por tedio..., el tedio de la atmósfera de devoción incondicional y de absoluta fidelidad con que tan imprudentemente la ha rodeado usted. Si sigue mis instrucciones, me atrevo a decir que tiene a su favor un noventa y siete por ciento de probabilidades.

—Perfectamente, ¿cuánto...?

—Mis honorarios son doscientas guineas por adelantado.

Mr. Wade sacó un talonario de cheques.

* * *

El jardín de Lorrimer Court era delicioso bajo el sol de la tarde. Iris Wade, recostada en su larga tumbona, formaba una admirable mancha de color. Iba vestida con delicados tonos malva y, gracias a su hábil maquillaje, lograba aparentar mucho menos de los treinta y cinco años que tenía.

Estaba hablando con su amiga, Mrs. Massington, que siempre simpatizaba con ella. Las dos damas sufrían la aflicción de unos esposos atléticos que solo hablaban de acciones y obligaciones o de golf.

—... y así, una aprende a vivir y a dejar vivir —acabó diciendo Iris.

—Eres admirable, querida —dijo Mrs. Massington, y añadió con prisa excesiva—: Dime quién es esa muchacha...

Iris levantó un hombro con gesto fatigado.

—¡No me lo preguntes! Reggie la ha encontrado por ahí. ¡Es la amiguita de Reggie! ¿Has visto algo más divertido? Ya sabes que, por lo general, nunca mira a las mujeres. Se me acercó y tosió y tartamudeó, y me dijo por fin que deseaba invitar a esa miss De Sara a pasar aquí el fin de semana. Por supuesto, me eché a reír..., no pude evitarlo. ¡Reggie, ya sabes! Bueno, aquí la tiene.

—¿Dónde la ha conocido?

—No lo sé. Ha sido muy vago sobre todo este asunto que se trae entre manos.

—Quizá hacía algún tiempo que la trataba.

—Oh, no lo creo —dijo Mrs. Wade—. Naturalmente, esto me encanta... me encanta, sencillamente. Quiero decir que simplifica mucho las cosas para mí, tal como están. Porque Reggie me había dado pena... ¡Es tan infeliz! Esto es lo que estaba siempre diciéndole a Sinclair..., que le daría mucha pena a Reggie. Pero él insistía en que Reggie se consolaría pronto, y parece que tenía razón. Hace dos días hubiera dicho que Reggie estaba desesperado, ¡y ahora quiere tener aquí a esta muchacha! Como te lo digo, estoy entretenida. Me gusta ver cómo se divierte. Imagino que el pobre muchacho creyó que iba a ponerme celosa. ¿Has oído algo más absurdo? Y le dije: «Por supuesto que puedes invitar a esa señorita». ¡Pobre Reggie! ¡Como si una muchacha así pudiera enamorarse de él! Esa chica está divirtiéndose y nada más.

—Es muy atractiva —dijo Mrs. Massington—. Casi hasta un extremo peligroso, si sabes lo que quiero decir. La clase de muchacha que solo piensa en que la cortejen los hombres. En cierto modo, me parece que no puede ser una chica decente.

—Lo más probable es que no lo sea —dijo Mrs. Wade.

—Viste maravillosamente —observó Mrs. Massington.

—De un modo casi demasiado exótico, ¿no te parece?

—Pero muy costoso.

—Opulento. Su aspecto es demasiado radiante y opulento.

—Por ahí vienen —dijo Mrs. Massington.

* * *

Madeleine de Sara y Reggie Wade se acercaban cruzando el césped. Estaban riendo y hablando, y parecían muy alegres. Madeleine se dejó caer en una silla, se quitó la boina que llevaba y se pasó las manos por los exquisitos rizos oscuros. No podía negarse que era una mujer hermosa.

—¡Hemos tenido una tarde tan maravillosa...! —exclamó—. Estoy muy acalorada. Debo de estar horrible.

Reggie Wade hizo un movimiento nervioso al oír la pista que se le daba.

—Parece usted... parece usted... —Y dejó escapar una risita—. No quiero decir lo que parece —dijo por fin.

Los ojos de Madeleine buscaron los suyos. Su mirada reflejó una total comprensión. Mrs. Massington, muy atenta, lo advirtió rápidamente.

—Debería usted jugar al golf —dijo Madeleine a la dueña de la casa—. No sabe lo que se pierde. ¿Por qué no se anima? Tengo una amiga que lo ha hecho y ha llegado a jugar muy bien, y tenía mucha más edad que usted.

—No me gusta este tipo de diversiones —contestó Iris con frialdad.

—¿No tiene disposición para los deportes? ¡Qué lástima! Esto hace a cualquier persona sentirse descentrada. Pero de verdad, Mrs. Wade, los métodos para aprender son ahora tan buenos que no hay casi nadie que no pueda jugar bien. Yo adelanté mucho en tenis el verano pasado. Desde luego, no sirvo para el golf.

—¡Qué tontería! —protestó Reggie—. Lo único que necesita es que la guíen. Recuerde cómo le han salido esos golpes maravillosos esta tarde.

—Porque usted me ha enseñado la manera de hacerlo. Es un maestro admirable. Hay muchas personas que, sencillamente, no saben enseñar. Pero usted tiene ese don. Debe de ser maravilloso estar en su lugar..., sabe comunicar lo que quiere.

—Tonterías. No tengo esa habilidad... no sirvo para nada.

Reggie se sentía confundido.

—Debe usted estar muy orgullosa de él —dijo Madeleine, volviéndose hacia Mrs. Wade—. ¿Cómo se las ha arreglado para retenerlo todos estos años? Debe de haber sido muy lista. ¿O es que lo tenía escondido?

La dueña de la casa no contestó, limitándose a levantar su libro con una mano que temblaba.

Reggie murmuró algo sobre cambiarse de ropa y se alejó de allí.

—Creo sinceramente que es mucha amabilidad por su parte tenerme aquí —dijo Madeleine—. Algunas mujeres miran con tanta suspicacia a las amigas de sus maridos... Yo pienso que los celos son absurdos, ¿no le parece?

—Así lo creo, en efecto. Nunca soñaría con estar celosa de Reggie.

—¡Es usted admirable! Porque cualquiera puede ver que es un hombre enormemente atractivo para las mujeres. Me causó desazón saber que estaba casado. ¿Por qué quedan atrapados tan jóvenes todos los hombres atractivos?

—Me complace ver que encuentra usted tan atractivo a Reggie —dijo Mrs. Wade.

—¿Acaso no es verdad que lo es? Tan bien parecido y tan impresionantemente hábil en todos los deportes. Y esa fingida indiferencia suya hacia las mujeres... Esto nos estimula, naturalmente.

—Supongo que tiene usted muchos amigos.

—Oh, sí. Me gustan más los hombres que las mujeres. Las mujeres no se muestran nunca verdaderamente amables conmigo. No puedo imaginar por qué razón.

—Quizá es usted demasiado amable con sus maridos —dijo Mrs. Massington, riéndose con retintín.

—Bien, una siente a veces lástima por otras personas. Hay tantos hombres simpáticos unidos a mujeres aburridas... Me refiero, ya me entiende, a esas mujeres artistas y sabiondas. Naturalmente, los hombres desean tener a alguien joven y alegre con quien hablar. Pienso que las ideas modernas sobre el matrimonio y el divorcio responden a esta opinión: a la opinión de rehacer la vida con una persona que comparta los gustos e ideas del interesado. Y las mujeres sabiondas, por su parte, pensarán en rehacerla con individuos melenudos que les den satisfacción. ¿No le parece a usted bueno este plan, Mrs. Wade?

—Por supuesto.

Cierta frialdad en el ambiente pareció abrirse paso hasta la conciencia de Madeleine. Murmuró algo sobre ir a cambiarse de ropa para el té y las dejó.

—Esas muchachas modernas son unas criaturas detestables —dijo Mrs. Wade—. No hay ni una sola idea en sus cabezas.

—Esta sí que tiene una idea en la suya, Iris —dijo Mrs. Massington—. Está enamorada de Reggie.

—¡Qué disparate!

—Lo está. He visto cómo lo ha mirado hace un momento. Le importa un comino que esté o no casado. Se propone tenerlo para ella. Eso me parece repugnante.

Mrs. Wade guardó silencio durante un momento. Luego dejó oír una risa incierta.

—Después de todo —dijo—, ¿qué importa?

Poco después, Mrs. Wade subió también la escalera. Su esposo se cambiaba de traje en el vestidor. Estaba cantando.

—¿Te has divertido, querido? —dijo Mrs. Wade.

—Oh, ejem... Sí, me he divertido.

—Me alegro. Quiero que estés contento.

Su esposo asintió.

—Sí, no me quejo.

Reggie Wade no se distinguía por su aptitud para desempeñar papeles, pero, tal como discurrían las cosas, la fuerte turbación que le provocaba la idea de que estaba desempeñando el suyo prestó el mismo servicio. Evitaba la mirada de su mujer y se sobresaltaba cuando esta le hablaba. Se sentía avergonzado y no podía soportar la escena. Nada hubiera podido producir mejor el efecto deseado. Era la viva imagen de la culpa consciente.

—¿Cuánto hace que la conoces? —preguntó de repente Mrs. Wade.

—¡Eh! ¿A quién?

—A miss De Sara, naturalmente.

—Bien, no tengo idea. Quiero decir... hace algún tiempo.

—¿De verdad? Nunca me la habías nombrado antes de ahora.

—¿No? Imagino que me olvidé.

—¡Vaya si te olvidaste! —exclamó Mrs. Wade. Y se alejó con un rumor de ropa malva.

Después del té, Mr. Wade le mostró a miss De Sara el jardín de rosas. Cruzaron el césped conscientes de que tenían dos pares de ojos clavados en sus espaldas.

—Oiga —dijo Mr. Wade desahogándose, cuando estuvieron en aquel jardín a cubierto de toda mirada—. Oiga, me parece que tendremos que dejar esto. Hace un momento mi esposa me ha mirado igual que si me odiase.

—No se inquiete —contestó Madeleine—. Todo va bien.

—¿Lo cree usted? Quiero decir que no deseo ponerla contra mí. A la hora del té ha soltado varias cosas desagradables.

—Todo va bien —repitió Madeleine—. Se porta usted espléndidamente.

—¿De verdad lo cree así?

—Sí. —Y continuó en voz más baja—: Su esposa está dando la vuelta a la terraza. Quiere ver lo que estamos haciendo. Es mejor que me bese.

—¡Oh! —exclamó Mr. Wade nerviosamente—. ¿Debo hacerlo? Quiero decir...

—¡Béseme! —dijo Madeleine con fiereza.

Mr. Wade la besó. La falta de ímpetu en él fue remediada por ella. Madeleine le rodeó con sus brazos. Mr. Wade se tambaleó.

—¡Oh! —exclamó de nuevo.

—¿Le repugna esto? —preguntó Madeleine.

—No, claro que no —contestó Mr. Wade con galantería—. Es que... es que me ha cogido por sorpresa. —Y añadió con anhelo—: ¿Cree usted que hemos estado suficiente tiempo en el jardín de rosas?

—Así lo creo —dijo Madeleine—. Hemos hecho un buen trabajo.

Volvieron y Mrs. Massington les informó de que Mrs. Wade había ido a echarse.

Más tarde, Mr. Wade se acercó a Madeleine con la turbación pintada en el rostro.

—Se encuentra en un estado horrible..., histérica.

—Muy bien.

—Vio cómo la besaba a usted.

—Bueno, nuestra intención era que lo viese.

—Ya lo sé, pero yo no podía decirle eso, ¿no es cierto? No he sabido qué contestarle. He dicho que, sencillamente, ocurrió así.

—Excelente.

—Ha dicho que usted estaba intrigando para casarse conmigo y que no era una joven de buena conducta. Esto me ha trastornado... Me ha parecido algo tan injusto..., quiero decir, cuando en realidad usted no hace más que desempeñar su papel. Le he contestado que sentía el mayor respeto por usted, que lo que ella decía no era verdad, y me temo que me he enojado un poco cuando ha continuado luego con lo mismo.

—¡Magnífico!

—Y luego me ha dicho que se marchaba. Que no quiere volver a dirigirme la palabra. Y ha hablado de hacer las maletas y dejar esta casa —concluyó con expresión de desmayo.

Madeleine sonrió.

—Yo le diré lo que debe contestar a eso. Dígale que usted es quien debe marcharse, que va a preparar el equipaje para irse a la ciudad.

—¡Pero es que yo no quiero irme!

—Claro que no. No se irá. Su esposa no podrá soportar la idea de que esté divirtiéndose en Londres.

A la mañana siguiente, Reggie Wade tenía nuevas noticias que comunicar.

—Dice que ha estado pensándolo bien y que no es justo marcharse cuando accedió a esperar seis meses. Pero que, como yo tengo aquí a mis amigos, no sabe por qué ella no puede tener a los suyos. Quiere invitar a Sinclair Jordan.

—¿Es ese su pretendiente?

—Sí, ¡y que me condene si lo recibo en mi casa!

—Debe recibirlo —dijo Madeleine—. No se preocupe. Yo me encargo de él. Dígale a su esposa que, teniéndolo todo en cuenta, no le importa que venga y que usted sabe que a ella no le importará tampoco que me invite a mí a continuar aquí también.

—¡Oh, querida! —suspiró Mr. Wade.

—Y ahora, no se desanime —dijo Madeleine—. Todo va espléndidamente. Otros quince días... y todos sus disgustos habrán terminado.

—¿Quince días? ¿Realmente lo cree así? —preguntó Mr. Wade.

—¿Si lo creo así? Estoy segura de ello —contestó Madeleine.

* * *

Una semana más tarde, Madeleine de Sara entró en el despacho de Mr. Parker Pyne y se dejó caer abrumada en el sillón.

—¡Entra la reina de las vampiresas! —dijo Mr. Parker Pyne sonriendo.

—¡De las vampiresas! —repitió Madeleine. Y dejó oír una risa hueca—. Nunca me había costado tanto trabajo ser vampiresa. ¡Este hombre está obsesionado con su mujer! Es una enfermedad.

—Sí, verdaderamente —dijo Mr. Parker Pyne sonriendo—. Bueno, en cierto modo, esto ha facilitado su misión. Yo no expondría a todos los hombres tan alegremente a los efectos de su fascinación, mi querida Madeleine.

La muchacha se echó a reír.

—¡Si supiera usted lo que me costó conseguir que me besara, como si no le gustase!

—Una nueva experiencia para usted, querida. Bien, ¿ha llevado a buen término su misión?

—Sí, creo que todo ha ido bien. Anoche tuvimos una escena tremenda. Vamos a ver: mi último informe, ¿es de hace tres días?

—Sí.

—Pues bien, como le dije, me bastó con mirar una vez a ese miserable gusano de Sinclair Jordan. Ya no pude quitármelo más de encima, especialmente porque, a juzgar por mi ropa, creyó que tenía dinero. Mrs. Wade estaba furiosa, por supuesto, viendo a sus dos hombres danzando a mi alrededor. Pronto mostré adónde iban mis preferencias. Me burlé de Sinclair Jordan en sus propias barbas y en presencia de ella. Me reí de su ropa y de sus cabellos largos, y señalé la circunstancia de que las rodillas se le juntaban al andar.

—Excelente táctica —dijo Mr. Parker Pyne con una mirada de aprobación.

—La bomba estalló anoche. Mrs. Wade se puso en evidencia. Me acusó de haber dividido su hogar. Reggie Wade mencionó el asuntillo de Sinclair Jordan. Ella dijo que no era más que el resultado de su desdicha y de su soledad. Que hacía algún tiempo que había advertido el alejamiento de su esposo, pero que no se había formado idea alguna de su causa. Dijo que habían sido siempre muy felices, que ella lo adoraba y él lo sabía, y que lo quería a él y solo a él.

»Yo dije que era demasiado tarde para esto. Mr. Wade siguió magníficamente las instrucciones que tenía. ¡Dijo que aquello no le importaba nada! ¡Que iba a casarse conmigo! Mrs. Wade podía quedarse con su Sinclair tan pronto como quisiera. No había razón para que no se acordase el divorcio inmediatamente. Era absurdo esperar seis meses.

»Dijo, además, que dentro de pocos días ella tendría la prueba necesaria y podría instruir a sus abogados. Y dijo que no podía vivir sin mí. Entonces Mrs. Wade se llevó las manos al pecho y habló de su corazón débil, y tuvieron que llevarle un poco de brandi. Él no cedió. Esta mañana ha venido a Londres y no dudo de que esta vez habrá salido tras él.

—Así pues, todo va bien —dijo Mr. Parker Pyne con animación—. Un caso muy satisfactorio.

En aquel momento se abrió la puerta y apareció en ella Reggie Wade.

—¿Está aquí? —preguntó entrando en la habitación—. ¿Dónde está? —Y, habiendo visto a Madeleine, la cogió de ambas manos—. ¡Querida, querida, querida! Ya habrás comprendido que ayer por la noche hablé en serio..., que iba en serio lo que le dije a Iris... No sé cómo he estado ciego tanto tiempo. Pero no lo estoy desde hace tres días.

—Si he comprendido, ¿el qué?

—Que te adoraba, que no había para mí en el mundo ninguna mujer más que tú. Iris puede tener su divorcio y cuando esto esté solucionado te casarás conmigo, ¿no es verdad? Dime que sí, Madeleine, te adoro.

Y acababa de tomar en sus brazos a la paralizada Madeleine cuando se abrió de nuevo la puerta para dar paso a una mujer delgada y vestida de verde con cierto desaliño.

—¡Me lo he figurado! —exclamó la recién llegada—. ¡Te he seguido! ¡Sabía que irías a buscarla!

—Puedo asegurarle a usted... —empezó a decir Mr. Parker Pyne, restableciéndose de la estupefacción que lo había sobrecogido.

Sin escucharle, la intrusa se adelantó, exclamando:

—¡Oh, Reggie! ¡No puedes querer destrozar mi corazón! ¡Vuelve! No diré una palabra sobre todo esto. Aprenderé a jugar al golf. No tendré ningún amigo que tú no apruebes. Después de todos estos años de felicidad...

—Nunca había sido feliz hasta ahora —dijo Mr. Wade, mirando aún a Madeleine—. Al diablo con todo esto, Iris: ¿no querías casarte con ese asno de Jordan? ¿Por qué no te casas con él?

Mrs. Wade lanzó un gemido y replicó:

—¡Le odio! ¡No quiero ni verlo! —Y continuó, volviéndose a Madeleine—: ¡Mujer perversa! ¡Horrible vampiresa...! Me has robado a mi marido.

—¡Madeleine! —exclamó Mr. Wade, que la miraba con angustia. Pero esta contestó:

—Hágame el favor de marcharse.

—Pero, escúchame: esto no es comedia. Te lo digo en serio.

—¡Oh, márchese! —repitió Madeleine ya histérica—. ¡Márchese!

Reggie se encaminó hacia la puerta de mala gana.

—Volveré —la avisó—. No has terminado conmigo.

Y salió dando un portazo.

—¡Las muchachas como usted deberían ser azotadas y marcadas a fuego! —exclamó Mrs. Wade—. Reggie siempre había sido un ángel para mí hasta que usted apareció y ahora ha cambiado de tal modo que no lo conozco. —Y con un sollozo, corrió tras de su marido.

Madeleine y Mr. Parker Pyne se miraron.

—No lo puedo evitar —dijo ella con desamparo—. Es un hombre muy agradable... y simpático, pero no quiero casarme con él. Yo no tenía ni idea de todo esto. ¡Si usted supiera lo que me costó hacer que me besara!

—¡Ejem! —dijo Mr. Parker Pyne—. Siento tener que admitirlo, pero he cometido una equivocación.

Y, moviendo la cabeza tristemente, acercó la carpeta de Mr. Wade y escribió en ella:

Fracaso debido a causas naturales.

P. D.: Se tenían que haber previsto.

El caso del empleado de la City

Mr. Parker Pyne se recostó con aire pensativo en su sillón giratorio y estudió a su visitante. Vio a un hombre pequeño y macizo, de cuarenta y cinco años, de ojos melancólicos, inciertos y tímidos, que lo miraban con una especie de ansiosa esperanza.

—Vi su anuncio en el diario —dijo este nerviosamente.

—¿Tiene usted algún problema, Mr. Roberts?

—No... no es un problema exactamente.

—¿Es usted infeliz?

—Tampoco podría decir que se trate de esto. Tengo mucho que agradecer a mi suerte.

—Todos tenemos... —dijo Mr. Parker Pyne—. Pero es mala señal cuando tenemos que acordarnos de ello.

—Lo sé —dijo el hombrecillo con ansiedad—. ¡Es eso precisamente! Ha dado usted en el clavo, señor mío.

—¿Y si me hablase de su propia vida? —propuso Mr. Parker Pyne.

—No hay mucho que contar, señor. Como le he dicho, no puedo quejarme de mi suerte. Tengo trabajo, me las he arreglado para ahorrar algo de dinero, mis hijos son fuertes y estamos sanos.

—Entonces, ¿qué es lo que quiere?

—Yo... no lo sé —contestó poniéndose colorado—. Me figuro que esto parece una tontería.

—De ningún modo —afirmó Mr. Parker Pyne.

Mediante hábiles preguntas fue obteniendo nuevas confidencias. Se enteró del empleo de Mr. Roberts en una empresa bien conocida y de sus ascensos, lentos pero ininterrumpidos. Quedó informado de su patrimonio, de su lucha para dar a su vida un aspecto decente, para educar a los hijos y hacer que crecieran sanos, de sus actividades y proyectos, de sus sacrificios para poder ahorrar unas cuantas libras cada año. Oyó, en efecto, el poema de una existencia de incesante esfuerzo para sobrevivir.

—Y bien, ya ve usted cómo están las cosas —confesó Mr. Roberts—. Mi mujer está fuera, con los dos niños pequeños, pasando unos días en compañía de su madre. Un pequeño cambio para los niños y un descanso para ella. Allí no queda sitio para mí y resultaría demasiado caro irme a otra parte. Y encontrándome solo, he leído el diario y he visto su anuncio, que me ha hecho pensar. Tengo cuarenta y ocho años. Se me ha ocurrido... Por todas partes pasan cosas —terminó Mr. Roberts, con unos ojos en los que se reflejaba su anhelante alma suburbana.

—¿Y desea usted vivir gloriosamente durante diez minutos? —dijo Mr. Parker Pyne.

—Bueno, yo no lo hubiera expresado así. Pero quizá tenga usted razón. Salir de la rutina. Después volvería a ella agradecido... con algo en que pensar. —Y miró a su interlocutor con ansiedad—. ¿Debo suponer que esto no es posible, señor? Me temo... Me temo que no podría pagar demasiado.

—¿Cuánto puede usted gastar?

—Podría arreglármelas para pagar cinco libras. —Y esperó la contestación desalentado.

—Cinco libras —dijo Mr. Parker Pyne—. Me imagino que quizá podríamos hacer algo por cinco libras. ¿Tiene usted reparo en correr un peligro? —añadió con viveza.

El pálido rostro de Mr. Roberts se coloreó ligeramente.

—¿Peligro, ha dicho usted? Oh, no, ningún reparo... Nunca he hecho nada que fuese peligroso.

Mr. Parker Pyne sonrió.

—Venga a verme mañana y le diré lo que puedo hacer por usted.

* * *

El Bon Voyageur es una hostería poco conocida, un restaurante frecuentado por unos cuantos parroquianos. Allí no les gustaban las caras nuevas.

Al Bon Voyageur se dirigió Mr. Parker Pyne, que fue reconocido y recibido respetuosamente.

—¿Está aquí Mr. Bonnington? —preguntó.

—Sí, señor, en su mesa de costumbre.

—Bien, iré a reunirme con él.

Mr. Bonnington era un caballero de aspecto militar, con el rostro algo bovino. Y recibió a su amigo con satisfacción.

—Hola, Parker. Le veo a usted muy poco últimamente. No sabía que venía aquí.

—Vengo de vez en cuando, especialmente cuando quiero encontrar a un viejo amigo.

—¿Se refiere a mí?

—Me refiero a usted. El caso es, Lucas, que he estado pensando en lo que hablamos el otro día.

—¿El asunto Peterfield? ¿Ha visto las últimas noticias en los diarios? No, no puede haberlas visto. No saldrán hasta esta tarde.

—¿Qué noticias son estas?

—Peterfield fue asesinado ayer por la noche —dijo Mr. Bonnington comiendo ensalada plácidamente.

—¡Cielo santo! —exclamó Mr. Pyne.

—Oh, eso no me sorprende —dijo Mr. Bonnington—. Peterfield era testarudo como él solo. No quiso escucharnos. Insistió en conservar los planos en su poder.

—¿Se los han robado?

—No, parece que alguna mujer fue por allí y le dio al

profesor una receta para cocer el jamón. Y el muy idiota, distraído como de costumbre, guardó la receta en la caja fuerte y los planos en la cocina.

—Qué suerte.

—Casi providencial. Pero no sé todavía quién va a llevarlos a Ginebra. Maitland está en el hospital. Carslake está en Berlín. Yo no puedo marcharme. Lo que significa que solo queda el joven Hooper. —Y miró a su amigo.

—¿Sigue usted pensando igual? —preguntó Mr. Parker Pyne.

—En absoluto. ¡Ha sido sobornado! Lo sé. No tengo ni una sombra de prueba, ¡pero le digo a usted, Parker, que conozco cuando un tipo es falso! Y necesito que estos planos lleguen a Ginebra. Por primera vez no va a ser vendido un invento a una nación. Va a ser entregado voluntariamente. Es la más bella tentativa que se haya hecho nunca en favor de la paz, y es preciso que se lleve a buen término. Y Hooper es un traidor. Ya lo verá usted, ¡lo narcotizarán en el tren! Si viaja por aire, ¡el avión tomará tierra en algún lugar conveniente! Pero, ¡maldita sea!, no puedo callarme. La disciplina. ¡Debemos tener disciplina! Por esto le pregunté a usted el otro día...

—Me preguntó si conocía a alguien.

—Sí, pensé que podía conocer a alguien, dada la naturaleza de su trabajo. Algún valiente con ganas de pelear. Cualquiera que yo envíe tiene muchas probabilidades de no llegar vivo. El que me dé usted no es fácil que se haga sospechoso. Pero debe ser valiente.

—Me parece que conozco a alguien que le servirá.

—Gracias a Dios, aún quedan muchachos dispuestos a correr un riesgo. Bien, ¿de acuerdo?

—De acuerdo —dijo Mr. Parker Pyne.

* * *

Mr. Parker Pyne estaba resumiendo sus instrucciones.

—Vamos a ver, ¿está todo bien claro? Irá usted a Ginebra en un coche cama de primera clase. Saldrá de Londres a las diez y cuarenta y cinco. Irá vía Folkestone a Boulogne, donde tomará el tren. Llegará a Ginebra a las ocho de la mañana siguiente. Aquí tiene la dirección del lugar donde se presentará. Haga el favor de aprendérsela de memoria, porque destruiré el papel. Vaya después a este hotel y espere nuevas instrucciones. Aquí hay dinero suficiente en billetes y monedas francesas y suizas. ¿Me comprende?

—Sí, señor —contestó Roberts con los ojos brillantes de excitación—. Perdóneme, pero ¿me está permitido saber algo... de lo que voy a llevar?

—Va a llevar un mensaje cifrado que revela el lugar secreto donde están escondidas las joyas de la corona de Rusia. Debe comprender, desde luego, que los agentes bolcheviques estarán alerta para cerrarle el paso. Si le es necesario hablar de sí mismo, yo le recomendaría que dijese que ha recibido algún dinero y ha decidido disfrutar de unas cortas vacaciones en el extranjero.

* * *

Mr. Roberts bebió a sorbos una taza de café y paseó la mirada por el lago Leman. Era feliz, pero, al mismo tiempo, se sentía desilusionado.

Era feliz porque, por primera vez en su vida, se hallaba en un país extranjero. Además, se alojaba en un tipo de hotel donde no volvería a alojarse nunca, ¡y ni por un instante tenía que preocuparse por el dinero! Tenía un dormitorio con cuarto de baño propio, deliciosas comidas y un servicio atento. Ciertamente, todas estas cosas causaban gran satisfacción a Mr. Roberts.

Pero se sentía desilusionado porque, hasta entonces, no le había ocurrido nada que mereciese el nombre de aventura. No había encontrado en su camino bolcheviques disfrazados ni rusos misteriosos. El único ser humano con quien había tratado era un viajante de comercio francés que iba en el mismo tren y había charlado agradablemente con él en un inglés excelente. Había ocultado los papeles en la esponja de baño, como se le había encargado que hiciera, y los había entregado según las instrucciones recibidas. No se le había presentado ninguna situación peligrosa ni había tenido que salvar la vida de milagro. Mr. Roberts estaba desilusionado.

Fue en aquel momento cuando un hombre alto y barbudo murmuró la palabra *pardon* y se sentó al otro lado de su mesilla.

—Perdone —dijo el recién llegado—, pero creo que conoce a un amigo mío. Sus iniciales son P. P.

Mr. Roberts sintió un agradable estremecimiento. Allí estaba por fin el ruso misterioso.

—Muy... cierto —dijo.

—Entonces, creo que nos entenderemos.

Mr. Roberts le dirigió una mirada escrutadora. Esto se parecía mucho más a la verdadera aventura. El desconocido era un hombre de unos cincuenta años y de aspecto distinguido, aunque extranjero. Usaba un monóculo y lucía en el ojal una cintita de color.

—Ha desempeñado usted su misión del modo más satisfactorio —le dijo el desconocido—. ¿Se encuentra dispuesto a emprender otra?

—Ciertamente. Oh, sí.

—Muy bien. Comprará usted un billete para el coche cama del tren Ginebra-París de mañana por la noche. Pedirá la litera número nueve.

—¿Y si no estuviese libre?

—Estará libre. Ya se habrán ocupado de que esté libre.

—Litera número nueve —repitió Roberts—. Sí, lo recordaré.

—Durante el curso de su viaje, alguien le dirá: «*Pardon, monsieur*, creo que estuvo usted hace poco en Grasse». A lo que usted contestará: «Sí, el mes pasado». Esa persona le dirá entonces: «¿Está usted interesado en los perfumes?». Y usted contestará: «Sí, soy fabricante de una esencia sintética de jazmín». Después de lo cual, se pondrá enteramente a la disposición de la persona que le habrá hablado. A propósito, ¿va usted armado?

—No —contestó Mr. Roberts agitado—. No, nunca pensé... Es decir...

—Esto tiene fácil remedio —dijo el hombre barbudo. Y miró a su alrededor. No había nadie cerca. Mr. Roberts se encontró en la mano algo duro y brillante—. Un arma pequeña, pero eficaz —añadió el desconocido sonriendo.

Mr. Roberts, que no había disparado un revólver en toda su vida, lo metió con cuidado en su bolsillo, con la desagradable sensación de que el tiro podía salir en cualquier momento.

Repasaron las frases que servirían de santo y seña, y el nuevo amigo de Mr. Roberts se levantó.

—Le deseo buena suerte —dijo—. Que llegue al final sin contratiempos. Es usted un hombre valiente, Mr. Roberts.

«¿De veras lo soy?», pensó Roberts cuando el otro se hubo marchado. «Estoy seguro de que no deseo que me maten. Eso no me convendría de ningún modo.»

Por su columna vertebral corrió un agradable estremecimiento, ligeramente deslucido por otro que no lo era tanto.

Pasó a su habitación y examinó el arma. No estaba aún seguro sobre el modo de accionar su mecanismo y esperó no verse en la necesidad de usarlo.

Luego, salió para comprar su billete de ferrocarril.

El tren salía de Ginebra a las nueve y treinta. Roberts llegó a la estación con suficiente anticipación. El empleado tomó su billete y su pasaporte, y se hizo a un lado mientras un mozo colocaba su maleta en la red. Había allí otro equipaje: una maleta de piel de cerdo y un maletín.

—El número nueve es la litera de abajo —dijo el empleado. Al volverse Roberts para dejar el coche, tropezó con un hombre grueso que entraba. Los dos se apartaron con frases de excusa, las de Roberts en inglés y las del extranjero en francés.

Era un hombre corpulento, con la cabeza afeitada y gafas de espesos cristales por los que sus ojos parecían dirigir miradas suspicaces.

«Un tipo formidable», dijo Roberts para sí mismo.

Este compañero de viaje le resultaba algo siniestro. ¿Le habrían dicho a él que tomase la litera número nueve solo para vigilarlo? Imaginó que podía ser así.

Volvió al pasillo. Faltaban aún diez minutos para la hora de la partida y pensó que podía pasear un poco por el andén. A mitad del pasillo retrocedió para hacer sitio a una dama que acababa de subir al tren y venía precedida por el empleado del coche, que llevaba el billete en la mano. Al pasar por delante de Roberts, la mujer dejó caer su bolso. Este lo recogió y se lo entregó.

—Gracias, monsieur. —Hablaba en inglés, pero tenía acento extranjero y una voz grave, hermosa y seductora—. *Pardon, monsieur*, creo que estuvo usted hace poco en Grasse.

El corazón de Roberts dio un salto excitado. Tenía que ponerse a la disposición de aquella adorable criatura... Porque era, efectivamente, adorable: de eso no cabía duda. No solo adorable, sino también aristocrática y opulenta. Llevaba un abrigo de pieles y un elegante sombrero. Rodeaba su cuello un collar de perlas. Era morena y sus labios escarlatas.

Roberts le dio la respuesta acordada:

—Sí, el mes pasado.

—¿Está usted interesado en los perfumes?

—Sí, soy fabricante de una esencia sintética de jazmín.

Ella bajó la cabeza y continuó su camino dejando tras de sí un ligero murmullo:

—En el pasillo, tan pronto como el tren arranque.

A Roberts los diez minutos siguientes le parecieron un siglo. Por fin el tren arrancó y él se puso a caminar despacio por el pasillo. La dama del abrigo de pieles estaba luchando con una ventanilla. Él se apresuró a ayudarla.

—Gracias, monsieur. Solo un poco de aire antes de que insistan en cerrarlo todo. —Y con una voz suave, baja y rápida, añadió—: Pasada la frontera, cuando su compañero de viaje duerma, no antes, entre en el lavabo y, atravesándolo, al compartimento del otro lado. ¿Comprende?

—Sí. —Y bajando el cristal de la ventanilla, Roberts dijo en voz alta—. ¿Así está bien, madame?

—¡Oh, sí! Muchísimas gracias.

Roberts se retiró a su compartimento. Su compañero de viaje estaba ya tendido en la litera superior. Era evidente que sus preparativos para pasar la noche habían sido sencillos: se habían reducido a quitarse las botas y la americana.

Reflexionó acerca de su propia ropa. Era evidente que, debiendo presentarse en el compartimento de una dama, no podía desnudarse. Sustituyó pues sus botas por un par de zapatillas, se echó en la cama y apagó la luz. Al cabo de pocos minutos, el hombre de arriba empezó a roncar.

Acababan de dar las diez cuando llegaron a la frontera. Se abrió la puerta y se oyó la obligada pregunta: «¿Tienen los señores algo que declarar?». La puerta volvió a cerrarse. Luego salió el tren de Bellegarde.

El hombre de la litera superior roncaba de nuevo. Roberts dejó pasar veinte minutos, se puso en pie y abrió la puerta del lavabo. Una vez allí, cerró la puerta a su espalda y examinó cuidadosamente la del lado opuesto. No estaba cerrada con pestillo. Vaciló.

¿Debía llamar?

Quizá llamar resultara absurdo, pero no acababa de gustarle la idea de entrar sin hacerlo. Adoptó un término medio: sin hacer ruido, abrió un poco la puerta y esperó. Se atrevió incluso a toser ligeramente.

La respuesta fue rápida. La puerta se abrió, fue cogido por el brazo y arrastrado al otro compartimento. La muchacha cerró y aseguró la puerta tras él.

Roberts se quedó sin aliento. Nunca había imaginado a una mujer tan deliciosa. Llevaba una especie de salto de cama vaporoso color crema, de gasa y encaje. Se apoyaba jadeante contra la puerta del pasillo. Roberts había leído muchas veces relatos de hermosas criaturas acorraladas. Ahora estaba viendo una por primera vez... Un cuadro emocionante.

—¡Gracias a Dios! —murmuró ella.

Era bastante joven, por lo que Roberts pudo observar, y, por su finura y su delicadeza, parecía un ser llegado de otro mundo. Aquí tenía por fin una historia romántica... ¡y en ella participaba él mismo!

La joven le habló entonces en voz baja y apresuradamente. Se expresaba bien en inglés, aunque su acento era claramente extranjero.

—¡Estoy tan contenta de que haya venido usted! —dijo—. He tenido un susto horrible. Vassilievitch está en el tren. ¿Comprende lo que esto significa?

Roberts no tenía la menor idea de lo que aquello significaba, pero hizo un gesto afirmativo.

—Creí que había conseguido burlar su vigilancia. Sin embargo, tendría que haberlos conocido mejor. ¿Qué vamos a hacer ahora? Vassilievitch está en el compartimento inmediato al mío. Pase lo que pase, no tiene que apoderarse de las joyas.

—No la asesinará a usted y no se apoderará de las joyas —afirmó Roberts con decisión.

—Entonces, ¿qué voy a hacer con ellas?

Roberts miró detrás de ella, a la puerta.

—La puerta está cerrada —dijo. La joven se echó a reír.

—¿Qué es una puerta cerrada para Vassilievitch?

Roberts iba sintiendo, más y más a cada momento, que se hallaba en una de sus novelas favoritas.

—Solo hay una cosa que hacer: démelas a mí.

La muchacha le dirigió una mirada de duda.

—Valen un cuarto de millón.

—Puede usted confiar en mí —dijo Roberts sonrojándose. La joven vaciló y, tras un rápido movimiento, dijo:

—Sí, confiaré en usted. —Y le tendió un par de medias de seda finísimas, enrolladas—. Cójalas, amigo mío —le dijo al asombrado Roberts.

Él las tomó y comprendió enseguida. En lugar de ser ligeras como el aire, las medias eran inesperadamente pesadas.

—Lléveselas a su compartimento —le dijo ella—. Puede dármelas por la mañana si... si todavía estoy aquí.

Roberts tosió y le contestó:

—Escúcheme. En cuanto a usted —e hizo una pausa—, yo... yo debo protegerla. —Y se sonrojó con la angustia de mantener la adecuada corrección—. No quiero decir aquí. Me quedaré ahí.

E indicó con la cabeza el compartimento del lavabo.

—Si prefiere quedarse aquí... —contestó ella, dirigiendo una mirada a la desocupada litera superior.

—No, no —protestó—. Allí estaré muy bien. Si me necesita, puede llamar.

—Gracias, amigo mío —dijo la muchacha en voz baja.

Y, echándose en la litera inferior, tiró del cubrecama y le dirigió una sonrisa de gratitud. Él se retiró al lavabo.

De pronto, unas dos horas más tarde, creyó haber oído algo. Escuchó... y nada. Era posible que se hubiese equivocado. Y, sin embargo, le pareció que realmente había percibido un sonido ligero que venía del compartimento inmediato. Suponiendo... solo suponiendo que...

Abrió la puerta sin hacer ruido. El compartimento estaba tal como él lo había dejado, con la débil luz en el techo. Permaneció allí forzando la vista a través de aquella semioscuridad hasta que sus ojos se acostumbraron a ella. Y entonces distinguió la silueta de la litera.

Y vio que estaba vacía. ¡La muchacha no estaba allí! Encendió la luz. El compartimento estaba desocupado. De repente, se puso a olfatear el aire. No era más que una ligera ráfaga, pero la reconoció: ¡el olor dulce y nauseabundo del cloroformo!

Por la puerta del compartimento (y adivinó que ahora no estaba cerrada con llave) salió al pasillo y miró a uno y otro lado.

¡Desierto! Sus ojos se fijaron en la puerta inmediata a la de la muchacha. Esta había dicho que Vassilievitch estaba en el compartimento contiguo. Con cautela, Roberts probó el picaporte. La puerta estaba cerrada por dentro.

¿Qué haría? ¿Pedir que le dejasen entrar? Pero el hombre se negaría... y, después de todo, ¡la muchacha podía no estar allí! Y si estaba, no le agradecería la publicidad que había dado al asunto. Había deducido que el secreto era una condición esencial en el juego que se llevaba entre manos.

Como un hombre perturbado, vagó lentamente por el pasillo y acabó por detenerse frente al compartimento del final. La puerta estaba abierta y el empleado echado y durmiendo. Y sobre él, colgados de un gancho, se veían su capote oscuro y su gorra puntiaguda.

* * *

Al cabo de un instante, Roberts ya había decidido lo que haría. Al cabo de otro minuto, con el capote y la gorra puestos, volvía al pasillo. Se detuvo ante la puerta inmediata a la de la muchacha, se dio tantos ánimos como pudo y llamó resueltamente.

—Monsieur —dijo con su mejor acento. No habiendo respuesta, llamó de nuevo.

La puerta se abrió un poco y asomó por ella una cabeza, la cabeza de un extranjero enteramente afeitado, con excepción de un bigote negro. Era un rostro irritado y malévolo.

—*Qu'est-ce qu'il y a?* —preguntó con brusquedad.

—*Votre passeport, monsieur* —ordenó Roberts, retrocediendo un paso y haciéndole un gesto para que se acercase.

El otro vaciló y salió luego al pasillo. Roberts contaba con que lo haría así. Si tenía dentro a la muchacha, naturalmente no querría que el empleado entrase en el compartimento. Vivo como un relámpago, Roberts se movió. Con todas sus fuerzas, echó al extranjero a un lado, aprovechándose de que no lo esperaba, y ayudado además por el movimiento del tren se lanzó al interior del compartimento y cerró y aseguró la puerta.

Sobre el extremo de la litera yacía una muchacha con una mordaza en la boca y las muñecas atadas. Rápidamente, la liberó y ella se apoyó en él con un suspiro.

—Me siento tan débil y enferma... —murmuró—. Creo que ha sido cloroformo. ¿Las ha... las ha cogido?

—No —contestó Roberts, golpeándose el bolsillo—. ¿Qué vamos a hacer ahora?

La joven se sentó. Iba recobrando el conocimiento. Y se fijó en la ropa que él llevaba puesta.

—¡Qué hábil ha sido usted! ¡Pensar que ha tenido esta idea! Me ha dicho que me mataría si no le revelaba dónde están las joyas. ¡Pero hemos sido más listos que él! No se atreverá a hacer nada. Ni siquiera puede volver a su compartimento.

»Tenemos que quedarnos aquí hasta mañana. Probablemente se bajará del tren en Dijon. Nos detendremos allí aproximadamente dentro de media hora. Él telegrafiará a París para que allí nos sigan la pista. Entretanto, será mejor que tire ese capote y esta gorra por la ventanilla, podrían comprometerle.

Roberts obedeció.

—No debemos dormir —decidió la muchacha—. Debemos permanecer alerta hasta mañana.

Fue una velada extraña y excitante. A las seis de la mañana, Roberts abrió la puerta con cuidado y miró fuera. No había nadie. La joven se deslizó con ligereza hasta su propio compartimento. Roberts la siguió allí. Era evidente que aquel lugar había sido registrado. Luego volvió al suyo a través del lavabo. Su compañero de viaje seguía roncando.

Llegaron a París a las siete. El empleado estaba lamentando a voces la pérdida de su capote y de su gorra. No había descubierto aún la pérdida de su pasajero.

Empezaron entonces las más pintorescas maniobras. La muchacha y Roberts tomaron un taxi tras otro a través de París. Entraron en hoteles y restaurantes por una puerta para salir por la otra. Por último, ella dejó escapar un suspiro.

—Estoy segura de que ya no nos siguen —dijo—. Nos los hemos quitado de encima.

Almorzaron y tomaron un coche hasta Le Bourget. Tres horas más tarde estaban en Croydon. Roberts no había viajado nunca en avión. En Croydon les esperaba un caballero alto, de cierta edad y remotamente parecido al mentor de Mr. Roberts en Ginebra. Saludó a la muchacha con especial respeto.

—El coche está aquí, señora —dijo.

—Este caballero nos acompañará, Paul —contestó ella. Y dirigiéndose a Roberts—: El conde Paul Stepanyi.

El coche era una gran limusina. Al cabo de una hora de viaje aproximadamente, entró en los terrenos de una residencia campestre y siguió hasta la puerta de una imponente mansión. Mr. Roberts fue conducido a una habitación amueblada como despacho. Allí hizo entrega del precioso par de medias. Luego se quedó solo un rato, hasta que volvió el conde.

—Mr. Roberts —le dijo este—. Le debemos nuestra gratitud y nuestro reconocimiento. Ha demostrado usted ser un hombre valiente e ingenioso. —Y terminó tendiéndole un estuche de tafilete—. Permítame que le confiera la Orden de San Estanislao: décima clase con laurel.

Como en un sueño, Roberts abrió el estuche y miró la ornamental condecoración.

El anciano caballero seguía diciendo:

—La gran duquesa Olga desea darle las gracias personalmente antes de que parta.

Y fue conducido entonces a una gran sala de recepción. Allí, muy bella en su ondeante ropaje, vio a su compañera de tren.

La dama hizo con la mano un gesto imperioso y el caballero se retiró.

—Le debo a usted la vida, Mr. Roberts —dijo la gran duquesa.

Y le tendió la mano, que Roberts besó. Entonces, de repente, se inclinó hacia él.

—Es usted un hombre valiente —dijo.

Y él tendió ahora sus labios, que se unieron a los de ella. Envuelto en una ráfaga de perfume oriental, sostuvo durante un momento en sus brazos sus formas bellas y esbeltas.

Se encontraba aún en medio de un sueño cuando alguien le dijo:

—El coche le conducirá adonde el señor ordene.

Una hora más tarde volvió para recoger a la gran duquesa Olga, que subió a él, lo mismo que el caballero canoso. Este se quitó la barba, que le daba calor. El coche dejó a la gran duquesa Olga en una casa, en Streatham. En la entrada, una mujer de cierta edad levantó la vista desde una mesa de té.

—Ah, mi querida Maggie, de modo que ya estás aquí.

En el expreso Ginebra-París esa muchacha era la gran duquesa Olga; en el despacho de Mr. Parker Pyne era Madeleine de Sara y en la casa de Streatham era Maggie Sayers, cuarta hija de una familia honrada y muy trabajadora.

¡Cómo descienden los poderosos!

* * *

Mr. Parker Pyne almorzaba con su amigo, que le decía:

—Le felicito. El hombre que me proporcionó ha llevado a cabo la empresa sin un tropiezo. La cuadrilla Tormali debe de estar desesperada al pensar que se le han escapado los planos de este fusil. ¿Le dijo usted a su agente que los llevaba?

—No, pensé que sería mejor..., en fin, adornar la historia.

—Ha sido usted muy discreto.

—No se trata de discreción exactamente. Quería que se divirtiese. Me figuré que un fusil le parecería una cosa mansa. Quería que tuviese algunas aventuras.

—¿Mansa? —dijo Mr. Bonnington mirándolo—. Pero si esa gente le hubiera asesinado sin vacilar.

—Sí —contestó Mr. Parker Pyne con suavidad—, pero yo no quería que le asesinasen.

—¿Gana usted mucho dinero con su profesión, Mr. Parker?

—A veces lo pierdo —dijo Mr. Parker Pyne—. Es decir, si se trata de un caso que lo merece.

* * *

Tres caballeros encolerizados estaban insultándose unos a otros en París.

—¡Ese condenado Hooper! —dijo uno de ellos—. ¡Nos ha fallado!

—Los planos no los sacó nadie del despacho —dijo el segundo—. Pero desaparecieron el miércoles, de esto estoy seguro. Y digo, por lo tanto, que usted ha sido quien lo ha estropeado.

—Yo no he hecho tal cosa —dijo el tercero, malhumorado—. No había en el tren ningún inglés, salvo un empleadillo que nunca había oído hablar de Peterfield ni del fusil. Lo sé. Lo puse a prueba. Peterfield y el fusil no significaban nada para él. —Y se echó a reír—. Tenía algún tipo de complejo bolchevique.

* * *

Mr. Roberts estaba sentado frente a una estufa de gas. Sobre las rodillas tenía una carta de Mr. Parker Pyne. En ella se incluía un cheque de cincuenta libras «de ciertas personas que estaban encantadas del modo como se había cumplido cierta misión».

Sobre el brazo del sillón que ocupaba había un libro de la biblioteca. Mr. Roberts lo abrió al azar: «Estaba apoyada en la puerta, como una hermosa criatura acorralada».

Bueno, él ya conocía bien todo esto.

Leyó otra frase: «Olfateó el aire. A las ventanas de su nariz llegó el olor débil y nauseabundo del cloroformo».

También sabía lo que era.

«La tomó en sus brazos y sintió la respuesta del estremecimiento de sus labios escarlatas.»

Mr. Roberts exhaló un suspiro. Aquello no era un sueño. Aquello había ocurrido. El viaje de ida había sido bastante soso, ¡pero el viaje de vuelta! Lo había disfrutado de veras. No obstante, se sentía satisfecho de volver a estar en casa. Tenía la vaga sensación de que aquella clase de vida intensa no podía prolongarse indefinidamente. Aunque la gran duquesa Olga..., aquel último beso de despedida..., participaba de la irrealidad de los sueños.

Mary y los niños regresarían al día siguiente. Mr. Roberts sonrió con alegría. Ella le diría al verlo: «Hemos tenido unas vacaciones deliciosas. Pero me daba mucha pena pensar que estabas solo aquí, mi pobre muchacho». Y él le contestaría: «Todo ha ido bien, querida. He tenido que ir a Ginebra por un asunto de la casa (una pequeña negociación algo delicada) y mira lo que me han enviado», y le mostraría el cheque de cincuenta libras.

Se acordó de la Orden de San Estanislao, décima clase con laurel. La había escondido, pero ¿y si Mary la encontraba? Tendría que darle muchas explicaciones...

¡Ah! Ya lo tenía: le diría que la había comprado en el extranjero, una curiosidad como otra cualquiera.

También él formaba parte de la gloriosa compañía a la que le ocurrían cosas.

El caso de la mujer rica

A Mr. Parker Pyne le fue comunicado el nombre de Mrs. Abner Rymer. La conocía ya y arqueó las cejas.

Al poco rato hicieron pasar a la clienta. Mrs. Rymer era una mujer alta, de huesos grandes. Su figura era desgarbada, y el vestido de terciopelo y el pesado abrigo de piel que llevaba no lograban disimularlo. Los nudillos de sus grandes manos eran abultados. Tenía la cara ancha y subida de color. Llevaba el cabello negro peinado a la moda y en el sombrero lucía muchas puntas rizadas de plumas de avestruz.

Se dejó caer en una silla con una inclinación de cabeza.

—Buenos días —dijo con voz áspera—. Si ha de serme útil usted para algo, ¡me hará el favor de decirme cómo puedo gastar el dinero!

—He aquí una pregunta original —murmuró Mr. Parker Pyne—. Pocas personas la hacen en estos tiempos. ¿Significa que a usted eso le resulta difícil, Mrs. Rymer?

—Sí, me lo resulta —afirmó la dama con brusquedad—. Tengo cuatro abrigos de pieles, un montón de vestidos de París y cosas por el estilo. Tengo un coche y una casa en Park Lane. Tengo un yate, pero no me gusta el mar. Tengo toda una tropa de esos criados de alta escuela que te miran por encima del hombro. He viajado un poco, he visitado países extranjeros. Y que me condenen si se me ocurre alguna otra cosa que comprar o hacer. —Y dirigió a Mr. Parker Pyne una mirada de esperanza.

—Hay hospitales —dijo este.

—¡Cómo! ¿Quiere decir que regale el dinero? ¡No, eso no me sirve! Permítame que le diga que ese dinero se ganó trabajando, trabajando de verdad. Si se figura que voy a regalarlo como si fuera un montón de basura, bueno, está equivocado. Quiero gastarlo, gastarlo y que me haga algún provecho. Pues bien: si tiene usted alguna idea que valga la pena para conseguirlo, puede contar con una buena retribución.

—Su proposición me interesa —dijo Mr. Parker Pyne—, pero no ha mencionado usted ninguna casa en el campo.

—La olvidé, pero tengo una. Allí me muero de aburrimiento.

—Debe contarme algo más sobre usted misma. Su problema no es fácil de resolver.

—Se lo diré de buen grado. No me avergüenzo de mi origen. Trabajé en el campo, en una casa de labor, cuando era una muchacha. Y trabajé de firme. Luego me enamoré de Abner, que trabajaba en un molino cercano. Me cortejó durante ocho años y después nos casamos.

—¿Y fueron ustedes felices?

—Yo sí lo fui. Abner era bueno conmigo. Pero tuvimos que luchar para vivir. Él se quedó dos veces sin trabajo y entretanto iban viniendo los hijos. Tuvimos cuatro: tres niños y una niña. Y ninguno de ellos llegó a hacerse mayor. Me atrevo a decir que todo habría sido diferente si hubiesen vivido.

Sus facciones se dulcificaron y de pronto pareció más joven.

—Abner tenía el pecho delicado. No le dejaron alistarse para la guerra. Prosperó en la granja. Lo hicieron capataz. Abner era un hombre listo. Ideó un nuevo método para trabajar. Debo decir que lo trataron bien: le dieron una buena suma por él. Empleó este dinero en sacar adelante otra idea suya. Esta trajo más dinero. Llegó a ser el patrón y a emplear a sus propios trabajadores. Compró dos negocios que estaban en quiebra y volvió a ponerlos en marcha. Lo demás fue fácil. El dinero continuó entrando y aún entra.

»Tenga en cuenta que, al principio, eso fue muy divertido. Tener una casa, un cuarto de baño de primera clase y criados. No había ya que cocinar ni fregar ni lavar. Tan solo sentarse en los almohadones de seda y tocar el timbre para que sirvieran el té... ¡como lo haría cualquier condesa! Era muy divertido y lo disfrutamos. Y luego vinimos a Londres. Encargué mi ropa a los mejores modistos. Fuimos a París y a la Riviera. Era muy divertido.

—¿Y después?

—Después supongo que me acostumbré a esto —dijo Mrs. Rymer—. Al cabo de poco tiempo ya me pareció menos divertido. Había días en que ni sabíamos lo que queríamos comer... ¡Nosotros que podíamos elegir el plato que nos apeteciese más! En cuanto a los baños..., bueno, al final un baño diario es suficiente para cualquiera. Y Abner empezó a inquietarse por su salud. Gastamos mucho dinero en médicos, pero no podían hacer nada. Probaron diferentes métodos. Era inútil. Murió. —Y se detuvo un momento—. Era todavía joven: tenía solo cuarenta y tres años.

Mr. Pyne hizo un gesto afirmativo, de simpatía.

—Han pasado cinco años desde entonces. El dinero continúa entrando. Parece un despilfarro no poder hacer nada con él. Pero, como ya le he dicho, no puedo pensar en comprar nada que no tenga ya de sobra repetido.

—En otras palabras —dijo Mr. Pyne—, su vida es aburrida. No la disfruta usted.

—Me da asco —continuó Mrs. Rymer con tristeza—. No tengo amigos. Los nuevos solo buscan mi dinero y se ríen de mí a mis espaldas. Los antiguos no quieren tener nada que ver conmigo. Se sienten avergonzados al verme usar el automóvil. ¿Puede hacer o proponerme algo?

—Es posible que pueda —dijo Mr. Pyne lentamente—. Esto será difícil, pero creo que hay una probabilidad de éxito. Es posible que pueda devolverle lo que ha perdido: su interés por la vida.

—¿Cómo? —preguntó Mrs. Rymer rápida y bruscamente.

—Este es mi secreto profesional —dijo Mr. Parker Pyne—. Nunca revelo mis métodos de antemano. El caso es: ¿quiere usted probar suerte? No garantizo el éxito, pero sí creo que hay una probabilidad razonable de alcanzarlo.

—¿Y cuánto costará esto?

—Tendré que adoptar métodos desacostumbrados. Por lo tanto, serán caros. Le pediré a usted mil libras pagadas por adelantado.

—Sabe usted pedir, ¿no es verdad? —dijo Mrs. Rymer, sopesando aquellas palabras—. Bien, me arriesgaré. Estoy acostumbrada a pagar los precios más caros. Solo que, cuando pago por una cosa, sé ocuparme de conseguirla.

—La tendrá usted —dijo Mr. Parker Pyne—. No tema.

—Le enviaré el cheque esta tarde —dijo Mrs. Rymer levantándose—. No estoy segura de saber por qué confío en usted. Dicen que los tontos y su dinero se separan pronto. Y me atrevo a decir que soy una tonta. ¡Y usted se atreve a anunciar en todos los periódicos que puede hacer felices a las personas!

—Esos anuncios me cuestan dinero —dijo Mr. Pyne—. Si yo no pudiese cumplir mi palabra, malgastaría ese dinero.

»Yo sé qué es lo que causa la infelicidad y, en consecuencia, tengo una idea clara de lo que se requiere para producir el estado opuesto.

Mrs. Rymer movió la cabeza con expresión de duda y salió, dejando tras ella una nube formada por una mezcla de perfumes caros.

Entró en el despacho el atractivo Claude Lutrell.

—¿Hay algo para mí?

—El caso no es sencillo —dijo—. No, se trata de un caso difícil. Me temo que tendremos que correr algunos riesgos. Tendremos que intentar algo fuera de lo normal.

—¿Es cosa de Mrs. Oliver?

Mr. Pyne sonrió ante la mención de aquella novelista de fama mundial.

—Mrs. Oliver es, en realidad, la menos adecuada para el caso de todos nosotros —dijo—. Estoy pensando en un golpe atrevido y audaz. A propósito, ¿podría telefonear al doctor Antrobus?

—¿A Antrobus?

—Sí, necesitamos sus servicios.

* * *

Pasó una semana antes de que Mrs. Rymer volviese al despacho de Mr. Parker Pyne. Este se puso en pie para recibirla.

—Le aseguro a usted que este aplazamiento ha sido necesario —dijo él—. Se han tenido que preparar muchas cosas y tenía que asegurarme los servicios de un hombre excepcional que ha atravesado con ese objeto media Europa.

Mr. Parker Pyne tocó un botón. Entró una joven morena, de aspecto oriental, pero vestida con el blanco uniforme de las enfermeras europeas.

—¿Está todo dispuesto, enfermera De Sara?

—Sí, el doctor Constantine espera.

—¿Qué van ustedes a hacer? —preguntó Mrs. Rymer con un deje que inquietud.

—Vamos a presentarle a usted a un mago oriental, mi querida señora.

Mrs. Rymer siguió a la enfermera al piso inmediato.

Allí fue introducida en una habitación que no tenía semejanza alguna con el resto de la casa.

Las paredes estaban cubiertas de bordados orientales. Había divanes con suaves almohadones y hermosas alfombras en el suelo. Sobre una cafetera se veía a un hombre levemente inclinado, que se incorporó al entrar ella.

—El doctor Constantine —dijo la enfermera.

El doctor vestía a la europea, pero tenía el rostro muy moreno y los ojos oblicuos, de mirada penetrante.

—Así que es usted mi paciente —preguntó en un tono bajo y vibrante.

—Yo no soy una paciente —dijo Mrs. Rymer.

—Su cuerpo no está enfermo —replicó el doctor—, pero su alma está hastiada. Nosotros, los orientales, sabemos curar esa enfermedad. Siéntese y beba una taza de café.

Mrs. Rymer se sentó y aceptó una tacita de la aromática infusión. Mientras la sorbía, el doctor continuó hablando.

—Aquí, en Occidente, tratan solamente el cuerpo. Un error. El cuerpo no es más que un instrumento. En él se ejecuta una melodía. Puede ser una melodía triste, tediosa. Puede ser una melodía deliciosa. Esta es la que voy a darle. Usted tiene dinero. Lo gastará disfrutándolo. Para usted, la vida volverá a merecer ser vivida. Esto es fácil... fácil... muy fácil...

A Mrs. Rymer la inundó una sensación de languidez. Las figuras del doctor y de la enfermera se hicieron borrosas. Se sentía beatíficamente feliz y muy soñolienta. La figura del doctor creció. Todo el mundo parecía estar creciendo.

El doctor la miró a los ojos.

—Duerma —estaba diciéndole—. Duerma. Sus párpados se cierran. Pronto se quedará dormida. Y dormirá... dormirá...

Los párpados de Mrs. Rymer se cerraron. Y se encontró flotando en un mundo grande y maravilloso.

* * *

Cuando sus ojos se abrieron, le pareció que había pasado mucho tiempo. Recordaba vagamente varias cosas: sueños extraños, imposibles..., luego, la sensación de despertarse, luego, más sueños. Recordaba algo relativo a un coche y a una muchacha morena y hermosa, con uniforme de enfermera, que se inclinaba sobre ella.

Fuera como fuese, ahora estaba bien despierta y en su propia cama.

Solo que ¿era su casa? Le parecía diferente. Se diría que esa no era la deliciosa blandura de su lecho acostumbrado. Era un lecho que le recordaba otros tiempos casi olvidados. Hizo un movimiento y el lecho crujió. La cama de Mrs. Rymer no crujía nunca.

Miró a su alrededor. Decididamente, aquello no era Park Lane. ¿Era un hospital? No, se dijo, no era un hospital. Ni tampoco un hotel. Era una habitación desnuda y las paredes eran de un incierto color lila. Había un lavabo de pino con un jarro y una palangana. Había una cómoda de pino y un delgado baúl. Había prendas de vestir desconocidas para ella, fijas en sus colgadores. Había una cama con una colcha llena de remiendos, y en esta se encontraba echada no muy cómodamente.

—¿Dónde estoy? —dijo Mrs. Rymer.

La puerta se abrió y entró una mujercita regordeta. Tenía las mejillas coloradas y una expresión de buen humor. Iba arremangada y llevaba un delantal.

—¡Vaya! —exclamó—. Se ha despertado. Entre, doctor.

Mrs. Rymer abrió la boca para decir varias cosas, pero no las dijo, pues el hombre que había entrado en la habitación tras la mujer regordeta no se parecía en lo más mínimo al elegante y moreno doctor Constantine. Era un hombre de edad, encorvado y que miraba a través de unas gafas de gruesos cristales.

—Esto va mejor —dijo, acercándose a la cama y cogiendo la muñeca de Mrs. Rymer—. Pronto estará usted mejor, querida.

—¿Qué he tenido? —preguntó Mrs. Rymer.

—Ha tenido una especie de ataque —contestó el doctor—. Ha estado sin conocimiento durante uno o dos días. Nada que deba inquietarla.

—Nos has dado un buen susto, Hannah —dijo la mujer gorda—. También has delirado y has dicho las cosas más raras.

—Sí, sí, Mrs. Gardner —dijo el doctor conteniéndola—. Pero no debemos excitar a la paciente. Pronto podrá levantarse y andar por ahí, querida.

—Y no te preocupes por el trabajo, Hannah —dijo Mrs. Gardner—. Mrs. Roberts ha venido a ayudarme y todo ha ido perfectamente. Tú limítate a descansar y ponte bien, querida.

—¿Por qué me llama Hannah? —dijo Mrs. Rymer.

—Pero si ese es tu nombre... —contestó Mrs. Gardner asombrada.

—No, no lo es. Mi nombre es Amelia Rymer. Señora de Abner Rymer.

El médico y Mrs. Gardner intercambiaron una mirada.

—Bien, descansa, descansa tranquila —dijo Mrs. Gardner.

—Sí, sí, y no se inquiete —añadió el doctor.

Y se retiraron. Mrs. Rymer estaba desconcertada. ¿Por qué la habían llamado Hannah y por qué habían intercambiado aquella mirada de divertida incredulidad al darles ella su nombre? ¿Dónde estaba y qué había ocurrido?

Saltó fuera de la cama. Se sentía algo insegura sobre las piernas. Caminó despacio hasta la pequeña ventana y miró fuera. Vio... ¡el patio de una granja! Completamente ofuscada, volvió a la cama. ¿Qué estaba haciendo en una granja que nunca había visto?

Mrs. Gardner entró de nuevo con un bol de sopa sobre una bandeja. Mrs. Rymer empezó sus preguntas:

—¿Qué estoy haciendo en esta casa? ¿Quién me ha traído aquí?

—Nadie te ha traído, querida. Esta es tu casa. Por lo menos, hace cinco años que vives aquí... y yo sin sospechar que eras propensa a sufrir ataques.

—¿Que vivo aquí? ¿Desde hace cinco años?

—Esto mismo. Pero, Hannah, ¿no irás a decirme que no recuerdas esto?

—¡Yo no he vivido nunca aquí! ¡Y nunca la había visto a usted!

—Ya lo ves. Has tenido esta enfermedad y has perdido la memoria.

—Yo nunca he vivido aquí.

—Vaya si has vivido, querida. —De pronto, Mrs. Gardner corrió a la cómoda y le trajo a Mrs. Rymer una fotografía descolorida, colocada en un marco.

Allí había un grupo de cuatro personas: un hombre con barba, una mujer gruesa (Mrs. Gardner), un hombre alto y flaco con una sonrisa tímida y agradable, y alguien con un vestido estampado y un delantal... ¡Ella misma!

Estupefacta, Mrs. Rymer fijó la vista en la fotografía. Mrs. Gardner dejó la sopa a su lado y salió con calma de la habitación. Mrs. Rymer empezó a tomarla maquinalmente. Era una buena sopa, sustanciosa y caliente. Y entretanto, sus pensamientos se agitaban como en un torbellino. ¿Quién era la que estaba loca? ¿Mrs. Gardner o ella? ¡Una de las dos debía de estarlo! Pero estaba, además, el médico.

—Yo soy Amelia Rymer —dijo con firmeza—. Yo sé que soy Amelia Rymer y que nadie me diga lo contrario.

Había terminado la sopa y dejó el bol en la bandeja. Vio

entonces un periódico doblado, lo cogió y miró la fecha: 19 de octubre. ¿Qué día había ido al despacho de Mr. Parker Pyne? El 15 o 16. Por lo tanto, debía haber estado enferma tres días.

—¡Ese pillo del doctor! —dijo Mrs. Rymer encolerizada. Fuera como fuese, estaba sintiendo un ligero consuelo. Había oído hablar de casos en los que las personas habían olvidado quiénes eran durante años enteros. Y temió que eso pudiera sucederle a ella.

Empezó a volver las páginas del diario, mirando sus columnas perezosamente cuando, de pronto, encontró un párrafo que le llamó la atención:

> Mrs. Rymer, viuda de Abner Rymer, el rey de los «botoncillos», fue trasladada ayer a un sanatorio particular para enfermos mentales. Durante los últimos días ha insistido en declarar que no era ella, sino una muchacha de servicio llamada Hannah Moorhouse.

—¡Hannah Moorhouse! De modo que es esto —dijo Mrs. Rymer—. Ella soy yo y yo soy ella. Una especie de sustitución, por lo que me imagino. Está bien: ¡pronto le pondré remedio! Si ese gordo hipócrita de Parker Pyne se ha propuesto hacerme alguna jugarreta...

Pero en aquel momento, atrajo su mirada el nombre de Constantine, que resaltaba en la página impresa. Esta vez encabezaba una información:

> DECLARACIONES DEL DOCTOR CONSTANTINE
>
> En una conferencia de despedida que tuvo lugar anoche, víspera de su partida para Japón, el doctor Claudius Constantine expuso algunas teorías sorprendentes. Declaró que era posible probar la existencia del alma mediante la transferencia de la misma de un cuerpo a otro. En el curso de sus

experimentos en Oriente, afirmaba haber efectuado con éxito una doble transferencia: que el alma de un cuerpo hipnotizado A fue transferida a un cuerpo hipnotizado B, y el alma de B al cuerpo de A. Al despertarse del sueño hipnótico, A creyó ser B y B creyó que era A. Para que el experimento fuese posible se hizo preciso encontrar a dos personas que tuviesen una gran semejanza física. Dijo que era un hecho indudable que dos personas muy parecidas estaban «en conexión». Esto se advierte más fácilmente en el caso de los hermanos gemelos, pero dos extraños de muy distinta posición social, aunque con una notable semejanza en sus rasgos, presentan la misma total armonía de estructura.

Mrs. Rymer arrojó el diario lejos.

—¡Canalla! ¡Miserable canalla!

Ahora lo veía todo claro. Aquella era una martingala para apoderarse de su dinero. Esa Hannah Moorhouse era un instrumento de Mr. Pyne, y quizá inocente. Él y ese demonio de Constantine habían dado este golpe fantástico.

¡Pero ella lo descubriría! ¡Ella revelaría lo que había hecho! ¡Lo haría procesar!

Ella le diría a todo el mundo...

La indignación de Mrs. Rymer se detuvo de repente. Se había acordado del primer párrafo. Hannah Moorhouse no había sido un dócil instrumento. Había protestado, había declarado su individualidad. ¿Y qué había ocurrido?

—¡Encerrada en un manicomio, pobre muchacha! —dijo Mrs. Rymer. Y un estremecimiento le recorrió la espina dorsal.

Un manicomio. Allí la meten a una y no la dejan salir jamás. Y cuanto más repite que está cuerda, menos la creen. Allí está y allí se queda. No, Mrs. Rymer no iba a exponerse a que le sucediera esto.

La puerta se abrió y entró Mrs. Gardner.

—¡Ah! Ya has tomado la sopa, querida. Muy bien. Pronto estarás mejor.

—¿Cuándo me puse enferma? —dijo Mrs. Rymer.

—Déjame ver... Fue hace tres días..., el miércoles. Era el 15. Te encontraste mal hacia las cuatro.

—¡Ah! —La exclamación era muy significativa. A las cuatro, precisamente, había llegado Mrs. Rymer ante el doctor Constantine.

—Te caíste de la silla —dijo Mrs. Gardner—. Y dijiste «¡Oh!», y otra vez «¡Oh!». Y luego, con voz de sueño, dijiste: «Me duermo. Me duermo». Y dormida te quedaste y te acostamos. Enviamos a buscar al médico y aquí has estado desde entonces.

—Supongo —se aventuró a decir Mrs. Rymer— que no conoce usted ninguna manera de saber quién soy yo, aparte de la cara, quiero decir...

—¡Vaya cosa rara has dicho! —exclamó Mrs. Gardner—. Para saber quién es una persona, ¿qué mejor que su cara? Pero hay también marcas de nacimiento, si esto te satisface más.

—¿Una marca de nacimiento? —preguntó Mrs. Rymer animándose, pues ella no tenía ninguna señal.

—Una señal parecida a una fresa casi tocando por debajo del codo derecho —dijo Mrs. Gardner—. Compruébalo tú misma.

«Así quedará demostrado», se dijo Mrs. Rymer, que sabía que no tenía marca de fresa alguna debajo del codo derecho. Y se arremangó el camisón. La señal de la fresa estaba allí.

Mrs. Rymer prorrumpió en llanto.

* * *

Al cabo de cuatro días, dejó la cama. Había imaginado y rechazado varios planes de acción.

Hubiera podido mostrar el párrafo del diario a Mrs. Gardner y al médico, y explicarse. Pero ¿la creerían? Mrs. Rymer estaba segura de que no.

Hubiera podido acudir a la policía. ¿La creerían? Pensó que tampoco le harían caso.

Hubiera podido ir al despacho de Mr. Pyne. Sin duda esta idea le gustaba más. En primer lugar, tendría la satisfacción de decirle al pícaro gordo lo que pensaba de él. Pero se presentaba un poderoso obstáculo que la disuadía de poner en práctica este plan. Se hallaba en aquel momento en Cornualles (así lo había sabido) y no tenía dinero para el viaje a Londres. Dos chelines y cuatro peniques en un viejo monedero parecían representar su capacidad financiera. Y de este modo, al cabo de cuatro días, Mrs. Rymer tomó una valiente decisión: ¡de momento, aceptaría las cosas como estaban! Decían que era Hannah Moorhouse. Muy bien, sería Hannah Moorhouse. Por ahora aceptaría ese papel y luego, cuando hubiese ahorrado el dinero suficiente, iría a Londres y le ajustaría las cuentas al estafador en su guarida.

Habiéndolo decidido así, Mrs. Rymer se hizo cargo de su papel con perfecto buen humor y aun con una especie de sardónica diversión. Se repetía la historia. Aquella vida le recordaba su propia adolescencia. ¡Qué lejos le parecía todo aquello!

* * *

El trabajo resultaba un poco duro tras aquellos años de existencia suave, pero al cabo de una semana se había acostumbrado a su nueva vida en la granja.

Mrs. Gardner era una mujer bondadosa, de excelente carácter. Su marido, un hombre grande y taciturno, era también bondadoso. El hombre delgado y tímido de la fotografía se había marchado y ocupaba su lugar otro trabajador, un gigante de cuarenta y cinco años, de palabra y pensamientos lentos, pero con un relámpago de cautela en los ojos azules.

Las semanas fueron pasando. Por fin, llegó un día en que Mrs. Rymer tuvo suficiente dinero para pagar su billete a Londres. Pero no se fue. Aplazó el viaje. Pensó que le quedaba tiempo de sobra para hacerlo. No estaba tranquila en lo que se refería a los centros para perturbados mentales. Aquel bandido de Parker Pyne era listo. Haría declarar a algún médico que estaba loca y la mandaría encerrar sin que nadie supiera una palabra.

—Por otra parte —se decía Mrs. Rymer—, cambiar un poco de modo de vida es saludable.

Se levantaba temprano y trabajaba duro. Joe Welsh, el nuevo mozo de labranza, estaba enfermo.

Llegó el invierno y lo cuidaban ella y Mrs. Gardner. Prácticamente, el gigante dependía de ellas.

Llegó la primavera..., el tiempo de los corderitos. Había flores silvestres en los vallados y una navidad traidora en el aire. Joe Welsh se acostumbró a ayudar a Hannah en su trabajo. Hannah zurcía la ropa de Joe.

A veces, los domingos, salían juntos a dar un paseo. Joe era viudo. Hacía cuatro años que su mujer había muerto. Y confesaba con franqueza que, desde entonces, solía beber un poco más de lo necesario.

Ahora no iba mucho a la taberna. Se compró algo de ropa nueva. Mr. y Mrs. Gardner se reían con solo mirarlo.

Y Hannah se reía también de Joe. Le gastaba bromas acerca de su aire desgarbado. Pero esto a Joe no le importaba. Parecía vergonzoso, aunque contento.

Después de la primavera, llegó el verano..., un buen verano, aquel año. Todos trabajaron mucho.

La cosecha había terminado. En los árboles, las hojas se habían vuelto rojizas y doradas.

Un día, el 8 de octubre, al levantar Hannah la vista de

la col que estaba cortando, vio que asomaba por encima de la valla la cabeza de Mr. Parker Pyne.

—¡Usted! —exclamó Hannah, alias Mrs. Rymer—. Usted...

Y necesitó algún tiempo para sacar todo lo que tenía dentro y, cuando lo hubo dicho todo, se quedó desalentada.

Mr. Parker Pyne sonrió con suavidad.

—Estoy enteramente de acuerdo con usted —dijo.

—¡Un estafador y un embustero, esto es lo que es usted! —exclamó Mrs. Rymer, repitiendo algo que ya había dicho antes—. Usted, con sus Constantines y sus hipnotismos y esa pobre muchacha, Hannah Moorhouse, encerrada con... los locos.

—No —contestó Mr. Parker Pyne—, en esto me juzga usted mal. Hannah Moorhouse no está en ningún manicomio porque Hannah Moorhouse no ha existido nunca.

—¿De verdad? —replicó Mrs. Rymer—. ¿Y qué me dice de esa fotografía suya que he visto con mis propios ojos?

—Falsa —dijo Pyne—. Es algo que se arregla fácilmente.

—¿Y la noticia en el periódico sobre ella?

—Todo el periódico estaba falseado para poder incluir en él los dos artículos que, de un modo natural, fueran convincentes. Y lo fueron.

—¡Ese pillo del doctor Constantine...!

—Un nombre falso: adoptado por un amigo mío que tiene aptitudes para interpretar papeles.

Mrs. Rymer dio un resoplido.

—¡Oh! Y supongo que yo tampoco fui hipnotizada...

—Lo cierto es que no lo fue usted. Bebió con el café una preparación de cáñamo indio. Después de esta, se le administraron otras drogas, fue transportada aquí en un coche y se le dejó que recobrase el conocimiento.

—Entonces, Mrs. Gardner ha participado en esta historia desde el principio...

Mr. Parker Pyne hizo un gesto afirmativo.

—¡Sobornada por usted, supongo! ¡O engañada con un montón de mentiras!

—Mrs. Gardner confía en mí —dijo Mr. Pyne—. Una vez salvé a su hijo de ser condenado a trabajos forzados.

Había algo en su actitud que impuso silencio a Mrs. Rymer sobre aquel tema.

—¿Y qué me dice de la marca de nacimiento?

—Está borrándose ya —contestó Mr. Pyne con una sonrisa—. Dentro de seis meses habrá desaparecido por completo.

—¿Y qué objeto tiene toda esta payasada? Ponerme en ridículo, plantarme aquí como una sirvienta... A mí, que tengo todo ese capital en el banco. Pero me figuro que no necesito preguntarlo. Ha estado usted apropiándoselo, canalla.

—Es cierto —dijo Mr. Parker Pyne— que obtuve de usted, mientras se hallaba bajo el efecto de las drogas, un poder y que durante su... su ausencia me he hecho cargo de la dirección de sus asuntos financieros. Pero puedo asegurarle, mi querida señora, que aparte de aquellas mil libras del principio, no ha entrado en mi bolsillo dinero alguno de usted. En realidad, gracias a algunas inversiones acertadas, su posición financiera ha prosperado. —Y la miró con radiante expresión.

—Entonces, ¿por qué...? —empezó a decir Mrs. Rymer.

—Voy a hacerle una pregunta, Mrs. Rymer —dijo Mr. Parker Pyne—: Es usted una mujer franca y sé que me contestará francamente. Voy a preguntarle si es usted feliz.

—¡Feliz! ¡Vaya una pregunta graciosa! Robarle el dinero a una mujer y preguntarle luego si es feliz. ¡Me gusta su descaro!

—Está usted aún enojada —dijo él—. Nada más natural. Pero deje por un momento mis fechorías. Mrs. Rymer: cuando vino a mi despacho, hace un año, era usted una mujer desdichada. ¿Va a decirme que lo es ahora? Si es así, le presento mis excusas y queda usted en libertad de tomar contra mí las medidas que desee. Además, también le reembolsaré las mil libras que me abonó. A ver, Mrs. Rymer, ¿es usted una mujer desdichada?

—No, no soy desdichada. —Y su voz adquirió un timbre de admiración—. Usted me metió aquí. Reconozco que, desde que murió Abner, no había sido tan feliz como ahora lo soy. Voy... voy a casarme con un hombre que trabaja aquí: Joe Welsh. El anuncio va a hacerse público el próximo domingo, es decir, iba a hacerse público el próximo domingo.

—Pero ahora, por supuesto —dijo Mr. Parker Pyne—, todo ha cambiado.

Con el rostro encendido, Mrs. Rymer dio un paso hacia delante.

—¿Qué quiere usted decir... con que ha cambiado? ¿Cree que todo el dinero del mundo me convertiría en una dama? Yo no quiero ser una dama, muchas gracias. Son todas un rebaño de inútiles desvalidas. Joe es lo bastante bueno para mí y yo soy lo bastante buena para él. Nos avenimos bien y vamos a ser felices. Y en cuanto a usted, Mr. Parker Pyne, ¡lárguese y no se meta en lo que no le importa!

Mr. Parker Pyne sacó del bolsillo un papel y se lo alargó.

—¡Es el poder para la dirección de sus asuntos! —exclamó—. ¿Debo romperlo? Porque entiendo que ahora se encargará usted del control de su fortuna, ¿no es así?

En el rostro de Mrs. Rymer apareció una extraña expresión.

Y rechazó el papel diciendo:

—Recójalo. Le he dicho cosas fuertes... y algunas de ellas las merecía. Es usted un hombre espabilado, pero, de todos modos, tengo confianza en usted. Quiero setecientas libras en el banco de esta localidad. Con ellas compraremos la propiedad que nos gusta. Todo lo demás..., bueno, como usted indicó, pueden quedárselo los hospitales.

—No puede usted querer decir que entrega toda su fortuna a los hospitales.

—Esto es, precisamente, lo que quiero decir. Joe es un buen hombre al que quiero, pero es débil de carácter. Dele dinero y será su ruina. Lo he apartado de la bebida y seguiré manteniéndolo apartado. Gracias a Dios, sé lo que pienso. No voy a dejar que el dinero se interponga entre mí y la felicidad.

—Es usted una mujer notable —dijo Mr. Parker Pyne—. Solo una entre mil haría lo que hace usted.

—Entonces, solo una entre mil tiene sentido común —dijo Mrs. Rymer.

—Me descubro delante de usted —añadió Mr. Parker Pyne, con un timbre de voz desacostumbrado. Levantó el sombrero con solemnidad y se alejó.

—¡Y acuérdese de que Joe no debe saberlo! —dijo aún Mrs. Rymer.

Y permaneció allí teniendo a su espalda el sol poniente, con una gran col verde azulada en las manos, la cabeza echada hacia atrás y los hombros firmes. Una gran figura de campesina recortada contra el sol que descendía.

¿Tiene usted todo lo que desea?

—*Par ici, madame.*

Una mujer alta, con un abrigo de visón, seguía a un mozo muy cargado de equipaje por el andén de la estación de Lyon.

Esta dama iba tocada con una prenda oscura de punto que le cubría una oreja y un ojo. El otro lado revelaba un perfil encantador con una naricilla arremangada y unos ricitos dorados en torno a una oreja en forma de concha. Era una típica norteamericana de aspecto atractivo, y más de un hombre había vuelto la cabeza para mirarla a su paso por delante de los vagones del tren que esperaba.

Esos vagones ostentaban rótulos con los nombres:

PARÍS-ATENAS. PARÍS-BUCAREST. PARÍS-ESTAMBUL

Frente a este último se detuvo el mozo. Desató la correa que mantenía las maletas unidas y estas se deslizaron al suelo pesadamente: «*Voici, madame*».

El empleado del coche cama estaba de pie junto a los peldaños. Se adelantó con un saludo: «*Bonsoir, madame*», que pronunció con un *empressement* debido, quizá, a la riqueza y excelente factura del abrigo de visón.

La dama le entregó su billete de reserva para el coche cama.

—Número seis —dijo el hombre—. Por aquí.

Y saltó al vagón con agilidad seguido por ella. Cuando la joven se apresuraba tras él por el pasillo, estuvo a punto de chocar con un grueso caballero que salía del compartimento inmediato al suyo. Momentáneamente, observó que aquel viajero tenía una cara grande, de benigna expresión y una mirada benévola.

—*Voici, madame.*

El empleado abrió el compartimento. Levantó el cristal de la ventanilla e hizo gestos al mozo. Un subalterno levantó el equipaje y lo colocó en las redes. La viajera se sentó.

Había puesto sobre el asiento, a su lado, un maletín de color carmesí y su bolso. Hacía un poco de calor en el coche, pero no se le ocurrió quitarse el abrigo. Miró por la ventanilla sin fijar la atención. La gente se apresuraba por el andén de un lado a otro. Allí había vendedores de periódicos, de almohadas, de chocolates, de fruta, de aguas minerales. Todos le tendían sus mercancías, pero ella los miraba sin verlos.

La estación de Lyon había desaparecido para ella. En su joven rostro únicamente estaban retratadas la tristeza y la inquietud.

—Si la señora es tan amable de darme su pasaporte...

Las palabras no la inmutaron. El empleado, de pie en la puerta del compartimento, las repitió. Elsie Jeffries se levantó con un sobresalto.

—¿Decía usted?

—Su pasaporte, señora.

Ella abrió el bolso, sacó el pasaporte y se lo entregó.

—Muy bien, señora. Yo me ocuparé de todo. —Siguió un silencio breve y significativo—. Yo voy con la señora hasta Estambul.

Elsie sacó un billete de cincuenta francos y se lo alargó. El hombre lo aceptó como algo normal y preguntó a qué hora deseaba que se le hiciese la cama y si cenaría en el tren.

Arreglados estos detalles, se retiró y, casi inmediatamente, vino por el pasillo el hombre del restaurante, haciendo sonar frenéticamente su campanilla y gritando:

—*Premier service, premier service!*

Elsie se levantó, se despojó de su pesado abrigo de pieles, echó una ojeada a su propia imagen en el pequeño espejo y, recogiendo su bolso y su maletín de joyas, salió al pasillo. No había dado más que algunos pasos cuando el hombre del restaurante llegó corriendo en su viaje de regreso. Para dejarle paso, Elsie retrocedió un momento en la puerta del compartimento inmediato, que estaba ahora desierto. Cuando el hombre hubo pasado, se preparó para continuar su camino al coche restaurante y su mirada distraída tropezó con el marbete de una maleta depositada en el asiento. Era una maleta de piel de cerdo algo usada. En el marbete se leían las palabras «J. Parker Pyne, pasajero hasta Estambul». Y la misma maleta llevaba las iniciales P. P.

En el rostro de la muchacha apareció una expresión de sorpresa. Tras vacilar un instante en el corredor, volvió a su propio compartimento y recogió un ejemplar de *The Times* que había sobre la mesa, junto con algunas revistas y libros.

Pasó la mirada por las columnas de anuncios de la primera página, pero lo que buscaba no estaba allí. Con una ligera contracción de las cejas, se dirigió al coche restaurante.

El camarero la condujo a un asiento de una mesilla ya ocupada por otra persona: el caballero con quien había estado a punto de tropezar en el pasillo. En realidad, era el dueño de la maleta de piel de cerdo.

Elsie lo miró con disimulo. Tenía una expresión suave, benévola y deliciosamente tranquilizadora, en cierto modo imposible de explicar. Se comportó con la acostumbrada reserva británica y solo habló tras servirse la fruta.

—Hace un calor terrible en estos lugares.

—Lo sé —dijo Elsie—. Desearía que se pudiese abrir la ventanilla.

—¡Imposible! —contestó él con una sonrisa lastimera—. Todas las personas presentes, aparte de nosotros, protestarían.

Ella contestó con otra sonrisa. Ninguno de los dos dijo nada más. Trajeron el café y la acostumbrada cuenta indescifrable. Tras colocar algunos billetes sobre esta, Elsie se revistió de valor y murmuró:

—Con su permiso, he visto su nombre en su maleta... Parker Pyne. ¿Es usted... es usted por casualidad...?

Dicho esto, vaciló y él acudió en su ayuda.

—Creo que soy yo. Es decir. —Y repitió las palabras del anuncio que Elsie había visto más de una vez en *The Times* y buscado en vano poco antes—: «¿Es usted feliz? Si no lo es, consulte a Mr. Parker Pyne». Sí, este soy yo.

—Ya lo veo —dijo Elsie—. Pero ¡qué... qué extraordinario!

Él movió la cabeza.

—En realidad, no. Es extraordinario desde su punto de vista, pero no desde el mío. —Y le dirigió una sonrisa tranquilizadora. Luego se inclinó hacia delante. La mayoría de los demás viajeros se habían retirado ya del coche—. Es decir, ¿usted no es feliz? —preguntó.

—Yo... —empezó a decir Elsie, y se detuvo.

—Usted no hubiera dicho «Qué extraordinario» si no fuera así —le indicó.

Elsie guardó silencio durante un minuto. La sola presencia de Mr. Parker Pyne le infundía una extraña calma.

—Sí —admitió finalmente—. Soy... desgraciada. Por lo menos, estoy inquieta.

Él hizo un gesto afirmativo como expresión de simpatía.

—Ya lo ve usted —continuó ella—, ha ocurrido una

cosa muy curiosa y no tengo la menor idea de lo que puede significar.

—Si quiere contármela —propuso Mr. Parker Pyne.

Elsie se acordó del anuncio. Con frecuencia, ella y Edward lo habían comentado, riéndose. Jamás se le había ocurrido que ella misma... Quizá sería mejor que desistiera..., si Mr. Parker Pyne no fuese más que un charlatán... Pero parecía... ¡una persona tan correcta!

Elsie tomó su decisión. ¡Cualquier cosa para librarse de aquella inquietud!

—Se lo diré a usted. Voy a Constantinopla para reunirme con mi esposo. Tiene muchos negocios en Oriente y este año ha sido preciso que fuera allí. Se marchó hace quince días. Iba a preparar las cosas para que yo pudiese reunirme con él. Esta idea me ha excitado mucho. Ya comprende, nunca había estado en el extranjero. Hemos pasado seis meses en Inglaterra.

—¿Su esposo y usted son norteamericanos?

—Sí.

—¿Y quizá no hace demasiado que se casaron?

—Un año y medio.

—¿Y han sido felices?

—¡Oh, sí! Edward es un verdadero ángel. —Y continuó tras una vacilación—: Quizá no completamente a la moda de ahora. Solo un poquito..., bien, yo lo llamaría estrecho de miras. Muchos antepasados puritanos, etcétera. Pero es un encanto —añadió apresuradamente.

Mr. Parker Pyne la miró un par de segundos con aire pensativo y dijo:

—Continúe.

—Fue una semana después de la partida de Edward. Yo estaba escribiendo una carta en su despacho y advertí que el papel secante era nuevo y estaba limpio, salvo por unas líneas escritas que lo cruzaban. Yo acababa de leer una historia de detectives que se refería a una pista hallada en un papel secante y solo para divertirme lo sostuve delante de un espejo. Realmente solo había pensado en divertirme, Mr. Parker Pyne... Quiero decir que no tenía la intención de espiar a Edward. Es un manso cordero y nadie soñaría en atribuirle alguna aventura dudosa.

—Sí, sí, lo comprendo perfectamente.

—Era fácil leerlo. Primero había la palabra «esposa», luego «Simplon Express» y, más abajo, «al llegar a Venecia sería el mejor momento». —Y se detuvo.

—Curioso —dijo Mr. Pyne—. Muy curioso. ¿Era la letra de su marido?

—Oh, sí. Pero me he estrujado los sesos y no puedo averiguar bajo qué circunstancias usaría estas palabras en ninguna carta.

—«Al llegar a Venecia sería el mejor momento» —repitió Mr. Parker Pyne—. En realidad, es muy curioso.

Mrs. Jeffries se había inclinado y lo miraba con una esperanza halagadora.

—¿Qué debo hacer? —preguntó sencillamente.

—Me temo —dijo Mr. Parker Pyne— que tendremos que esperar hasta encontrarnos en Venecia. Aquí está el horario de nuestro tren. Llega a Venecia mañana por la tarde a las dos y veintisiete.

Y se miraron el uno al otro.

—Déjelo de mi cuenta —añadió Mr. Parker Pyne.

* * *

Eran las dos y cinco minutos. El Simplon Express llevaba once de retraso. Habían dejado atrás Mestre alrededor de un cuarto de hora antes.

Mr. Parker Pyne estaba con Mrs. Jeffries en el compartimento de esta. Hasta ahora, el viaje se había desarrollado agradablemente y sin novedad. Pero había llegado el momento en que, si algo había de ocurrir, ocurriría en pocos instantes. Mr. Parker Pyne y Elsie estaban sentados uno frente al otro. El corazón de la joven latía apresuradamente y sus ojos dirigían a su compañero miradas de súplica para que la tranquilizase.

—Conserve toda su calma —le dijo él—. Está usted completamente segura. Me tiene a su lado.

De pronto, llegó un grito del pasillo:

—¡Oh, mira, mira...! ¡El tren se ha incendiado!

De un salto, Elsie y Mr. Parker se encontraron en el pasillo. Una mujer de rostro eslavo se agitaba y señalaba con el dedo con un gesto dramático. De uno de los compartimentos delanteros salía una nube de humo. Mr. Parker Pyne y Elsie se precipitaron por el pasillo. Otros viajeros se unieron a ellos. El compartimento estaba lleno de humo. Los que habían llegado a él primero retrocedieron tosiendo. Apareció el empleado del coche.

—¡No hay nadie en el compartimento! —exclamó—. No se alarmen, *messieurs et dames. Le feu* está dominado.

Se oyeron una docena de preguntas precipitadas. El tren estaba cruzando el puente que une Venecia a tierra firme.

De repente, Mr. Parker Pyne se volvió, se abrió paso a través del grupo que tenía a su espalda y se precipitó por el pasillo al compartimento de Elsie. La dama de rostro eslavo estaba allí sentada, aspirando profundamente el aire por la ventanilla abierta de par en par.

—Dispense, señora —dijo Mr. Parker Pyne—, pero este no es su compartimento.

—Lo sé, lo sé —dijo la dama esclava—. *Pardon.* Ha sido el susto, la emoción... Mi corazón. —Y, dejándose caer en el asiento, indicó la ventanilla abierta. Respiraba a grandes bocanadas.

Mr. Parker Pyne se colocó en la puerta. Su voz era paternal y tranquilizadora.

—No debe asustarse —dijo—. No he creído ni por un momento que el fuego fuese nada grave.

—¿No? ¡Ah, qué alivio! Ya me siento restablecida. —Y añadió, levantándose a medias—: Volveré a mi compartimento.

—No, todavía no. —Y la mano de Mr. Parker Pyne la impulsó suavemente hacia atrás—. Le pediré que aguarde un minuto, señora.

—¡Caballero, esto es un insulto!

—Señora, se quedará usted aquí.

Su voz había sonado fría e impasible. La mujer se sentó sin dejar de mirarle. Elsie se unió a ellos.

—Parece que ha sido una broma ridícula. El empleado está furioso. Hace preguntas a todo el mundo... —Y se interrumpió mirando a la segunda ocupante del compartimento.

—Mrs. Jeffries —dijo Mr. Parker Pyne—, ¿qué lleva usted en el maletín carmesí?

—Mis joyas.

—¿Tendría la bondad de mirar si le falta algo?

De la dama eslava surgió un torrente de palabras, que pasó a la lengua francesa para expresar mejor sus sentimientos.

Entretanto, Elsie había cogido el maletín joyero.

—¡Oh! —exclamó—. ¡Está abierto!

—Et je porterai plainte à la Compagnie des Wagons-Lits —acabó diciendo la dama eslava.

—¡No están! —exclamó Elsie—. ¡Falta todo! El brazalete de brillantes, el collar que me regaló papá y los anillos de la esmeralda y del rubí. Y algunos preciosos broches de brillantes. Gracias a Dios, llevaba las perlas puestas. ¡Oh, Mr. Parker Pyne! ¿Qué voy a hacer?

—Si quiere usted traer al empleado del coche —dijo Mr. Parker Pyne—, yo cuidaré por mi parte de que esta mujer no salga del compartimento hasta que él llegue.

—Scélérat! Monstre! —chilló la dama eslava. Y continuó lanzando nuevos insultos.

El tren entró en Venecia.

Los acontecimientos de la media hora siguiente pueden ser resumidos en pocas palabras. Mr. Parker Pyne trató con diferentes funcionarios en diversas lenguas... y fue derrotado. La dama sospechosa consintió en ser registrada y salió de la prueba airosa y sin mácula.

No llevaba encima las joyas.

Entre Venecia y Trieste, Mr. Parker Pyne y Elsie discutieron el caso.

—¿Cuándo vio usted sus joyas por última vez?

—Esta mañana. Guardé unos pendientes con zafiros que llevaba ayer y cogí otros con un par de perlas auténticas.

—¿Y todas las joyas estaban intactas?

—No las repasé una por una, naturalmente. Pero parecían estar como siempre. Hubiera podido faltar un anillo o algo así, pero no más.

Mr. Parker Pyne hizo un gesto afirmativo.

—Veamos: ¿a qué hora ha arreglado el empleado este compartimento?

—Cuando estábamos en el vagón restaurante, y yo me había llevado allí el maletín. Siempre lo hago. Únicamente lo dejé en esta ocasión, al salir fuera corriendo.

—Por lo tanto —dijo Mr. Parker Pyne—, esta inocente y calumniada Mrs. Subayska, o como quiera que se llame, tiene que haber sido la ladrona. Pero ¿qué diablos ha hecho con las joyas? Solo ha estado aquí un minuto y medio, el tiempo justo de abrir el maletín con una llave falsa y sacar lo que contenía. Sí, pero ¿qué ha hecho después?

—¿Podría habérselas entregado a alguna otra persona?

—Difícilmente. Yo me había vuelto y estaba abriéndome paso por el pasillo. Si alguien hubiera salido de este departamento, yo lo habría visto.

—Quizá se lo ha echado a alguien por la ventanilla.

—Es una buena idea, solo que, en este caso, estábamos pasando por encima del mar. Nos encontrábamos en un puente.

—Entonces debe haberlas escondido en el coche.

—Vamos a buscarlas.

Con verdadera energía transatlántica, Elsie empezó a registrarlo todo. Mr. Parker Pyne participó en aquella tarea algo distraído. Al reprocharle ella su inactividad, se excusó diciendo:

—Estoy pensando que tengo que enviar desde Trieste un telegrama importante.

Elsie recibió con frialdad esta explicación. Su estima por Mr. Parker Pyne había sufrido un notable descenso.

—Me temo que está usted molesta conmigo, Mrs. Jeffries —dijo él con mansedumbre.

—Bien, no ha resultado usted muy afortunado —replicó ella.

—Pero, mi querida señora, debe usted recordar que yo no soy un detective. El robo y el crimen están enteramente fuera de mi campo de acción. Mi especialidad es el corazón humano.

—Pues bien, yo sentía una cierta tristeza cuando tomé este tren —dijo Elsie—. ¡Pero aquello no era nada comparado con lo que siento ahora! Podría llorar a mares. ¡Mi precioso, precioso brazalete...! ¡Y la sortija con la esmeralda que me regaló Edward cuando nos prometimos!

—Pero seguramente sus joyas están aseguradas contra robo... —dijo Mr. Pyne.

—¿Que están aseguradas? No lo sé. Sí, supongo que están aseguradas. Pero se trata del valor sentimental de esas joyas, Mr. Parker Pyne.

El tren moderó su marcha. Mr. Parker Pyne se asomó a la ventanilla.

—Trieste —dijo—. Tengo que enviar mi telegrama.

* * *

—¡Edward!

El rostro de Elsie se había iluminado al distinguir a su esposo, que corría a su encuentro por el andén, en Estambul. De momento, la pérdida de sus joyas se había borrado de su conciencia. Había olvidado las curiosas palabras halladas en el papel secante. Lo había olvidado todo, salvo el hecho de que acababa de pasar quince días lejos de su marido, quien, aun con sus estrechas miras, era en realidad una persona muy atractiva.

Estaban a punto de salir de la estación cuando Elsie sintió en el hombro un amistoso golpecito y, al volverse, se halló frente a Mr. Parker Pyne, cuyo rostro benigno irradiaba buen humor.

—Mrs. Jeffries —dijo—, ¿quiere venir a verme al Hotel Tokatlian dentro de media hora? Creo que podré tener buenas noticias para usted.

Elsie miró a Edward con gesto incierto. Enseguida hizo la presentación.

—Mi... mi marido. Mr. Parker Pyne.

—Según creo, su esposa le telegrafió a usted que le habían robado las joyas —dijo Mr. Parker Pyne—. He hecho lo que he podido para ayudarle a recobrarlas. Creo que tendré noticias para ella dentro de media hora.

Elsie dirigió a Edward una mirada interrogante. Este contestó prestamente.

—Es mejor que vayas, querida. ¿Ha dicho el Tokatlian, Mr. Parker Pyne? Bien, me ocuparé de que esté allí.

Media hora más tarde, Elsie fue introducida en la salita particular de Mr. Parker Pyne, que se levantó para recibirla.

—Le he causado una desilusión, Mrs. Jeffries —dijo—. No, no lo niegue. Pues bien, no pretendo ser un mago, pero hago lo que puedo. Mire usted aquí dentro.

Sobre una mesilla, le señaló una gruesa caja de cartón. Elsie la abrió. Anillos, broches, brazaletes, collar... Todo estaba allí.

—Mr. Parker Pyne, ¡qué maravilla! ¡Oh! ¡Qué maravilla!

Este sonrió con modestia.

—Estoy contento de no haber fracasado, mi querida señora.

—Oh, ¡me deja usted avergonzada! ¡Qué mal me he portado con usted desde Trieste! Y ahora... esto. Pero ¿cómo se ha hecho con ellas? ¿Cuándo? ¿Dónde?

Mr. Parker Pyne movió la cabeza con expresión pensativa.

—Es largo de explicar —dijo—. Es posible que lo sepa usted algún día. En realidad, no me extrañaría que lo supiera muy pronto.

—¿Por qué no puedo saberlo ahora?

—Tengo mis razones —dijo Mr. Parker Pyne.

Y Elsie tuvo que retirarse sin satisfacer su curiosidad.

Cuando estuvo fuera, Mr. Parker Pyne cogió el sombrero y el bastón, y salió a las calles de Pera. Caminaba sonriendo para sí mismo y así llegó a un pequeño café, desierto en aquel momento. Se llamaba El Cuerno de Oro. Al otro lado, las mezquitas de Estambul mostraban sus esbeltos minaretes sobre el fondo del cielo de la tarde. El cuadro era muy hermoso. Mr. Parker Pyne se sentó y pidió dos cafés. Se los sirvieron espesos y dulces. Cuando empezaba a sorber el suyo, un hombre se sentó frente a él. Era Edward Jeffries.

—He pedido café para usted —dijo Mr. Parker Pyne, indicando la tacita.

Edward la apartó y le preguntó, inclinándose sobre la mesa:

—¿Cómo lo supo usted?

Mr. Parker Pyne continuó sorbiendo su café con expresión soñadora.

—Su esposa le habrá hablado de lo que descubrió en el papel secante... ¿no? Oh, ya le hablará de ello. Debe de haberlo olvidado de momento.

Y le explicó lo que Elsie había descubierto. Luego continuó:

—Pues esto se articulaba muy bien con el incidente que ocurrió precisamente al llegar a Venecia. Por alguna razón determinada, usted estaba disponiendo el hurto de las joyas de su esposa. Pero ¿por qué la frase «al llegar a Venecia será el mejor momento»? Esto parecía no tener sentido. ¿Por qué no dejaba que su... agente... eligiese el momento y el lugar?

»Y luego, de pronto, comprendí el motivo. Antes de que usted mismo saliese de Londres, las joyas de su esposa fueron robadas y sustituidas por imitaciones falsas, solo que esta solución no le satisfacía a usted. Es usted un joven concienzudo y de buen criterio. Le horrorizaba que algún criado u otra persona inocente resultara sospechosa. Era preciso que el robo se efectuase de una forma y en una circunstancia tales que no pudiesen recaer sospechas sobre nadie de su casa o que tuviese relación con usted.

»Su cómplice viaja provisto de una llave que abre el maletín joyero y de una bomba de humo. En el momento conveniente, esta mujer da la alarma, entra en el compartimento de su esposa, abre el maletín y echa al mar las imitaciones de las joyas. Puede resultar sospechosa y ser registrada, pero no puede probarse nada contra ella puesto que las supuestas joyas no están en su poder.

»Y ahora se entiende el significado de la elección de aquel lugar. Si esas joyas se hubiesen lanzado sencillamente junto a la vía férrea, habrían podido ser encontradas. De ahí la importancia del momento en que el tren pasa sobre el mar.

»Entretanto, usted toma sus disposiciones para vender aquí las verdaderas joyas. Solo tiene que esperar a que se haya efectuado el robo del tren para entregar las piedras preciosas. No obstante, mi telegrama llegó a tiempo. Obedeciendo mis instrucciones, depositó usted la caja con las joyas en el Tokatlian en espera de mi llegada, sabiendo que, de otro modo, yo cumpliría mi amenaza de poner el asunto en manos de la policía. Y ha obedecido también mis instrucciones al venir a reunirse conmigo aquí.

Edward Jeffries dirigió a Mr. Parker Pyne una mirada suplicante.

Era un joven bien parecido, alto y rubio, con una barbilla redonda y unos ojos también muy redondos.

—¿Cómo puedo hacérselo comprender? —dijo con desaliento—. A usted debo de parecerle un ladrón vulgar.

—Nada de eso —contestó Mr. Parker Pyne—. Al contrario, yo diría que es usted casi penosamente honrado. Estoy acostumbrado a la clasificación de los tipos. Usted, mi querido señor, pertenece del modo más natural a la categoría de las víctimas. Cuénteme ahora toda la historia.

—Puede ser contada con una sola palabra: chantaje.

—¿Era esto?

—Ha visto usted a mi esposa. ¿Se da cuenta de que es una criatura pura e inocente, sin noción de lo que puede llegar a ser el mal?

—Sí.

—Tiene los ideales más maravillosamente puros. Si llegase a descubrir... algo sobre una cosa que hice, me dejaría.

—Lo dudo. Pero no se trata ahora de esto. ¿Qué hizo usted, mi joven amigo? Supongo que se trata de alguna aventura con una mujer.

Edward Jeffries hizo un gesto afirmativo.

—¿Después de su matrimonio... o antes?

—Antes..., oh, antes.

—Bien, bien, ¿qué ocurrió?

—Nada, absolutamente nada. Esto es precisamente lo cruel del caso. Yo estaba en un hotel de las Antillas. Allí se alojaba una mujer muy atractiva llamada Mrs. Rossiter. Su marido era un hombre violento que tenía los más salvajes ataques de cólera. Una noche la amenazó con un revólver y ella escapó y vino a mi habitación. Estaba medio loca de terror. Me... me pidió que la dejara quedarse allí hasta la mañana. Y yo... ¿qué otra cosa podía hacer?

Mr. Parker Pyne miró al joven, y este lo miró con consciente rectitud. Mr. Parker Pyne suspiró.

—En otras palabras y hablando claro, que le hicieron hacer a usted el desairado papel de un tonto, Mr. Jeffries.

—Realmente...

—Sí, sí. Es una jugarreta muy antigua, pero que a menudo sale bien con los jóvenes de temperamento quijotesco. Supongo que, al conocerse la proximidad de su matrimonio, apretaron las clavijas...

—Sí. Recibí una carta. Si no enviaba cierta suma de dinero, todo le sería comunicado a mi futuro suegro; es decir: cómo yo había hecho desviar el afecto que esa joven profesaba a su marido y cómo la habían visto entrar en mi habitación. El marido presentaría una demanda de divorcio. Ciertamente, Mr. Parker Pyne, esta historia me ha convertido en un perfecto canalla. —Y se enjugó la frente muy azorado.

—Sí, sí. Ya sé. Y así usted pagó y de vez en cuando volvían a apretar las clavijas.

—Sí. Esta fue la gota que colmó el vaso. Yo no podía, sencillamente, disponer de más dinero. Y di con este plan. —Diciendo esto, cogió la taza de café ya frío, la miró distraído y se bebió su contenido—. ¿Qué voy a hacer ahora? —exclamó patéticamente—. ¿Qué voy a hacer ahora, Mr. Parker Pyne?

—Yo le guiaré —dijo Mr. Parker Pyne con firmeza—. Yo me encargo de sus atormentadores. En cuanto a su esposa, volverá usted directamente a su lado y le dirá la verdad, o por lo menos una parte de ella. En el único punto en que se desviará de la verdad será en lo relativo a la noche en las Antillas. Debe usted ocultarle el hecho de que le hicieron..., bueno, de que le hicieron hacer el papel de un tonto, como le he dicho antes.

—Pero...

—Mi querido Mr. Jeffries, no entiende usted a las mujeres. Si ha de elegir entre un tonto y un donjuán, una mujer se quedará siempre con un donjuán. Su esposa es una muchacha encantadora, inocente y de elevados ideales, y el único modo de conseguir que encuentre la vida con usted interesante es infundirle la creencia de que ha reformado a un picarón.

Edward Jeffries lo miraba con la boca abierta.

—Se lo digo en serio —añadió Mr. Parker Pyne—. En este momento su esposa está enamorada de usted, pero veo señales de que es posible que esto no dure si continúa ofreciéndole el cuadro de una cierta bondad y rectitud que se parecen un poco a la torpeza.

Edward dio un respingo.

—Vaya con ella, muchacho —dijo Mr. Parker Pyne bondadosamente—. Confiéselo todo, es decir, tantas cosas como pueda recordar. Explíquele luego que, desde el momento en que la conoció, renunció totalmente a aquella vida. Y que llegó al extremo de robar para evitar que aquello llegase a sus oídos. Y ella lo perdonará con entusiasmo.

—Pero cuando no hay en realidad nada que perdonar...

—¿Qué es la verdad? —dijo Mr. Parker Pyne—. Según mi experiencia, es generalmente ¡lo que hace volcar el carretón cargado de manzanas! Es un axioma fundamental en la vida matrimonial que debe uno mentirle a su mujer. ¡A ella le gusta! Vaya y sea perdonado, hijo mío. Y vivan para siempre felices. Me atrevo a decir que, a partir de ahora, su esposa lo observará con cuidado cuando pase cerca de una mujer bonita... A algunos hombres esto les molesta, pero no creo que le moleste a usted.

—Nunca quiero mirar a ninguna mujer más que a Elsie —dijo sencillamente Mr. Jeffries.

—Espléndido, muchacho. Pero yo, en su lugar, no se lo daría a entender a ella. A ninguna mujer le gusta pensar que es aceptada con demasiada facilidad.

Edward Jeffries se puso en pie.

—¿Cree usted de verdad...?

—Lo sé —afirmó Mr. Parker Pyne con energía.

La puerta de Bagdad

Cuatro grandes puertas tiene la ciudad de Damasco...

Mr. Parker Pyne repitió en voz baja los versos de Flecker:

Puerta del destino, puerta del desierto, caverna del desastre,
fuerte del temor.
Portal de Bagdad soy, la entrada de Diarbekir.

Se encontraba en las calles de Damasco y, junto al Hotel Oriental, vio uno de los grandes autocares de seis ruedas que, a la mañana siguiente, saldría para llevarle con otras once personas hasta Bagdad, a través del desierto.

No pases por debajo, oh caravana, o pasa sin cantar
¿Has oído ese silencio en que, muertas las aves, aún parece
que se oye el piar de un pájaro?
¡Pasa por debajo, oh caravana destinada a morir! ¡Pasa, oh
caravana de la muerte!

No era pequeño el contraste. En otros tiempos, la puerta de Bagdad había sido realmente la puerta de la Muerte. La caravana tenía que atravesar más de seiscientos kilómetros de desierto. Largos meses de viaje. Hoy, los monstruos ubicuos que se alimentan de gasolina lo hacen en treinta y seis horas.

—¿Qué decía usted, Mr. Parker Pyne?

Era la voz impaciente de miss Netta Pryce, la más joven y encantadora representante de la raza de los turistas. Aunque llevando el estorbo de una tía austera que tenía una barba rudimentaria y estaba sedienta de ciencia bíblica, Netta se arreglaba para divertirse de varias frívolas maneras, que es posible que no hubieran merecido la aprobación de la mayor de las señoritas Pryce.

Mr. Parker Pyne le repitió los versos de Flecker.

—¡Qué emocionante! —dijo Netta.

Tres hombres con el uniforme de las Fuerzas Aéreas que estaban cerca la oyeron y uno de ellos, que la admiraba, contemplándola extasiado, intervino en el diálogo diciendo:

—Todavía puede uno encontrar emociones en el viaje. Aun en estos tiempos, los bandidos atacan de vez en cuando a los convoyes. Además, puede uno perderse... Esto ocurre algunas veces. Y nos envían a nosotros para que los encontremos. Un individuo estuvo cinco días perdido en el desierto. Afortunadamente, tenía una buena provisión de agua. Además, están los baches. ¡Y qué baches! Un hombre se mató de este modo. ¡Les digo a ustedes la pura verdad! Iba durmiendo y su cabeza chocó con el techo del coche y murió en el acto.

—¿En el autocar de seis ruedas, Mr. O'Rourke? —preguntó la mayor de las señoritas Pryce.

—No... no era un autocar de seis ruedas —admitió el joven.

—¡Pero, bueno, tenemos que ver algunas cosas! —exclamó Netta. Su tía sacó entonces una guía.

Netta se apartó, ladeándose.

—Yo sé que quiere ver algún lugar donde san Pablo fue bajado por una ventana —murmuró—. Y yo tengo tantas ganas de ver los bazares...

O'Rourke contestó con rapidez:

—Venga conmigo. Empezaremos por la calle llamada Straigth...

Y se alejaron.

Mr. Parker Pyne se volvió hacia un hombre de maneras tranquilas, llamado Hensley, que estaba junto a él. Pertenecía al Departamento de Obras Públicas de Bagdad.

—Damasco desilusiona algo cuando uno lo ve por primera vez —dijo en tono de excusa—. Un poco civilizada. Tranvías y casas modernas y tiendas.

Hensley hizo un gesto afirmativo. Era un hombre de escasas palabras.

—No ha ido... por el otro lado. Espere usted a haberlo hecho.

Se acercó por allí otro hombre, un joven rubio con la antigua corbata de Eton. Su rostro era amable, pero de expresión ligeramente distraída, y en aquel momento parecía hallarse inquieto.

Estaba en el mismo departamento que Hensley.

—Hola, Smethrust —dijo su amigo—. ¿Has perdido algo?

El capitán Smethrust movió la cabeza. Era un joven de inteligencia algo lenta.

—Solo estoy dando una vuelta por ahí —dijo vagamente. Luego pareció despertarse—. Podríamos tomar unas copas esta noche. ¿Qué me dices a eso?

Los dos amigos se alejaron juntos. Mr. Parker Pyne compró un periódico local en francés. No lo encontró muy interesante. Las noticias locales no tenían significación alguna para él, y no parecía que ocurriese nada importante en ninguna parte. Vio luego algunos párrafos bajo el título de Londres.

El primero se refería a asuntos financieros. El segundo trataba del supuesto destino de Mr. Samuel Long, el financiero autor de varios desfalcos que ascendían a tres millones y que, según los rumores que circulaban, había llegado a América del Sur.

—No es poco para un hombre que acaba de cumplir treinta años —declaró Mr. Parker Pyne.

—¿Decía usted?

Al volverse, Parker Pyne se halló ante un italiano que había hecho con él la travesía de Brindisi a Beirut.

Mr. Parker Pyne explicó su observación. El italiano, Mr. Poli, afirmó varias veces con la cabeza.

—Este hombre es un gran criminal —dijo el segundo—. En la misma Italia ha cometido diversas fechorías. Inspiraba confianza a todo el mundo. Es más, es un hombre muy bien educado, según dicen.

—Bien, estudió en Eton y en Oxford —observó Mr. Parker Pyne con cautela.

—¿Cree usted que lo cogerán?

—Eso depende de la delantera que haya tomado. Puede estar aún en Inglaterra. Puede estar... en cualquier parte.

—¿Aquí, con nosotros? —dijo el italiano riendo.

—Es posible. —Y Mr. Parker Pyne permaneció serio—. Por todo lo que usted sabe, podría ser yo mismo.

Mr. Poli le dirigió una mirada de sobresalto. Después, su rostro aceitunado se dilató con una sonrisa de comprensión.

—¡Oh! Esta es muy buena... muy buena, de verdad. Pero usted...

Sus ojos descendieron desde la cara de Mr. Parker Pyne. Este interpretó aquella mirada con acierto.

—No debe usted juzgar por las apariencias —dijo—. Una... gordura puede disimularse y sirve para ponerle más años al interesado.

Y añadió con expresión soñadora:

—Puede teñirse el cabello, por supuesto, y cambiarse el color de la cara, y hasta cambiar de nacionalidad.

Poli se retiró con actitud dudosa. Nunca podía saber hasta qué punto eran serios los ingleses.

Mr. Parker Pyne se divirtió aquella noche en el cine.

Después se dirigió a un «Palacio nocturno de alegrías». No le pareció que fuese un palacio ni que fuese alegre. Varias damas bailaban allí con una manifiesta falta de entusiasmo. Y los aplausos fueron lánguidos.

De repente descubrió la presencia de Smethrust. El joven estaba sentado solo en una mesa. Tenía el rostro encendido y a Mr. Parker Pyne se le ocurrió que habría bebido más de la cuenta. Cruzando la sala, fue a reunirse con él.

—Es vergonzoso el modo que tienen esas muchachas de tratarlo a uno —dijo el capitán Smethrust tristemente—. Le hago servir dos bebidas, tres bebidas, un montón de bebidas... Y luego se va riendo con algún muchacho moreno. A esto lo llamo yo algo vergonzoso.

Mr. Parker Pyne le expresó su simpatía. Sugirió tomar café.

—He tomado un poco de arak al llegar —dijo Smethrust—. Esto le anima a uno. Pruébelo.

Mr. Parker Pyne sabía algo acerca de las propiedades del arak.

Y procedió con tacto. No obstante, Smethrust movió la cabeza.

—Estoy metido en un buen lío —dijo—. Tengo que animarme. No sé qué haría usted en mi lugar. No está bien descubrir a un compañero, ¿no? Quiero decir... y sin embargo, ¿qué se supone que debo hacer?

Y estudió a Mr. Parker Pyne como si lo viese por primera vez.

—¿Quién es usted? —preguntó bajo el perentorio efecto de su bebida—. ¿A qué se dedica?

—Juego a las confidencias —contestó Mr. Parker Pyne con suavidad. Smethrust lo miró con vivo interés.

—¿Cómo? ¿Usted también?

Mr. Parker Pyne sacó de su cartera un recorte y lo dejó sobre la mesa, delante de Smethrust: «¿Es usted feliz? Si no lo es, consulte a Mr. Parker Pyne».

Smethrust concentró la vista en él con alguna dificultad.

—¡Bueno, que me condenen! —exclamó—. ¿Quiere usted decirme que la gente viene a contarle a usted sus cosas?

—Confían en mí, sí.

—Un rebaño de mujeres idiotas, me figuro.

—Muchas mujeres —admitió Mr. Parker Pyne—. Pero los hombres también. ¿Qué le pasa a usted, mi joven amigo? ¿Necesita algún consejo?

—Cierre esa condenada boca —dijo el capitán Smethrust—. A nadie le importa..., a nadie más que a mí. ¿Dónde está ese condenado arak?

Mr. Parker Pyne movió la cabeza tristemente.

Y abandonó al capitán Smethrust como a un caso imposible.

* * *

El convoy con destino Bagdad se puso en marcha a las siete de la mañana. Estaba formado por Mr. Parker Pyne y Mr. Poli, las señoritas Pryce (tía y sobrina), tres oficiales de las Fuerzas Aéreas, Smethrust y Hensley, y una madre y un hijo armenios llamados Pentemian.

El viaje comenzó sin incidentes. Pronto quedaron atrás los árboles frutales de Damasco. El cielo estaba cubierto y el joven conductor lo miró una o dos veces con expresión de duda e intercambió algunas observaciones con Hensley.

—Ha llovido bastante al otro lado del Rutbah. Espero que no vayamos a atascarnos.

A mediodía hicieron una parada y se repartieron las cajas de cartón cuadradas que contenían el almuerzo. Los dos conductores hicieron un té que fue servido en tazas de papel y continuaron la marcha a través de una llanura interminable.

Mr. Parker Pyne se acordó de las lentas caravanas y de las semanas de viaje... Se ponía el sol cuando llegaron al fuerte del desierto de Rutbah. Las grandes puertas fueron desatrancadas y el vehículo las cruzó, penetrando en el patio interior del fuerte.

—Esto resulta emocionante —dijo Netta.

Después de lavarse un poco, manifestó el deseo de dar un paseo. El teniente de aviación O'Rourke y Mr. Parker Pyne se ofrecieron a darle escolta. Cuando iban a partir, se les acercó el administrador para rogarles que no se alejasen, pues podrían tener dificultades para encontrar el camino de regreso después de haber oscurecido.

—Solo una pequeña distancia —prometió O'Rourke.

El paseo no resultó en realidad demasiado interesante a causa de la monotonía de los alrededores.

Mr. Parker Pyne se inclinó para recoger algo.

—¿Qué es esto? —preguntó Netta Pryce con curiosidad. Él se lo mostró.

—Una piedra prehistórica, miss Pryce: un horadador.

—¿Se mataban unos a otros con esto?

—No, esto tenía un empleo más pacífico. Pero supongo que hubieran podido también utilizarlo para matarse. La intención de matar es lo que importa, no el mero instrumento. Algo puede encontrarse siempre por estos parajes.

Iba oscureciendo y se apresuraron a regresar al fuerte.

Después de una comida con muchas conservas, se quedaron fumando. A las doce, el autocar de seis ruedas debía reanudar la marcha.

El conductor parecía hallarse inquieto.

—Hay algunas charcas por aquí cerca —dijo—. Podríamos quedarnos atascados.

Todos subieron al autocar y se acomodaron en él. Miss Pryce estaba molesta por no tener a su alcance una de las maletas.

—Me hubiera gustado ponerme las zapatillas —dijo.

—Es más fácil que necesite sus botas de agua —contestó Smethrust—. A juzgar por las apariencias, vamos a hundirnos en un mar de lodo.

—Y ni siquiera tengo a mano un par de medias para cambiarme —dijo Netta.

—No hay problema. Se quedará quieta. Solo el sexo fuerte debe salir a moverse.

—Siempre llevo calcetines de recambio —dijo Hensley golpeándose el bolsillo del abrigo—. Nunca sabe uno lo que...

Se apagaron las luces. El voluminoso autocar partió en la oscuridad.

La marcha no era muy buena. No se zarandeaban como lo hubieran hecho en un coche pequeño, pero, no obstante, recibían de vez en cuando algún fuerte coscorrón.

Mr. Parker Pyne ocupaba uno de los asientos delanteros. Al otro lado del pasillo se hallaba la dama armenia envuelta en abrigos y chales. Su hijo estaba detrás de ella. Detrás de Mr. Parker Pyne se encontraban las dos señoritas Pryce. Y en la parte posterior del autocar, Poli, Smethrust, Hensley y los hombres de las Fuerzas Aéreas.

El autocar continuaba corriendo en las tinieblas. A Mr. Parker Pyne le costaba conciliar el sueño. Se hallaba entumecido por su posición. Los pies de la dama armenia salían, invadiendo su espacio. En todo caso, ella sí descansaba cómodamente.

Todos los demás parecían dormir. Mr. Parker Pyne sintió que le invadía la somnolencia cuando una repentina sacudida lo envió contra el techo. De la parte posterior del autocar llegó una soñolienta protesta:

—Cuidado. ¿Queréis que nos rompamos la cabeza, conductores?

Luego, Mr. Parker Pyne volvió a adormecerse. Al cabo de algunos minutos, aunque con un incómodo vaivén del cuello, se quedó profundamente dormido...

Se despertó de repente. El autocar se había detenido. Algunos de los hombres estaban apeándose. Hensley dijo brevemente:

—Estamos atascados.

Deseoso de ver cuanto pudiera verse, Mr. Parker Pyne saltó junto al autocar con cuidado. Ahora no llovía. Al contrario, había luna y a su luz podía verse cómo los conductores trabajaban frenéticamente con gatos y piedras para levantar las ruedas. La mayor parte de los hombres ayudaban en la operación. Las tres mujeres estaban mirando desde las ventanillas del autocar: miss Pryce y Netta con interés, la dama armenia con mal disimulado disgusto.

A una orden del conductor, los hombres hicieron un esfuerzo.

—¿Dónde está ese chico armenio? —preguntó O'Rourke—. Que venga aquí también.

—Y también el capitán Smethrust —observó Poli—. No está con nosotros.

—El bribón sigue durmiendo. Miradlo.

Era cierto. Smethrust continuaba en su asiento, con la cabeza inclinada hacia delante y todo el cuerpo hundido.

—Yo lo despertaré —dijo O'Rourke.

Y saltó a la portezuela. Reapareció al cabo de un minuto. El timbre de su voz era otro.

—Escuchad: creo que está enfermo o algo así. ¿Dónde está el médico?

El médico jefe de la escuadrilla aérea, el doctor Loftus, un hombre de aspecto tranquilo y cabello canoso, se separó del grupo que se hallaba junto a la rueda.

—¿Qué tiene? —preguntó.

—No... no lo sé.

El doctor entró en el autocar. O'Rourke y Parker Pyne lo siguieron. Se inclinó sobre aquel cuerpo postrado. Una mirada y un contacto fueron suficientes.

—Está muerto —dijo con calma.

Se dispararon las preguntas: «¿Muerto? Pero ¿cómo?». Y Netta exclamó: «¡Oh, qué horrible!».

Loftus miró a su alrededor con gesto de irritación.

—Debe de haberse dado un golpe en la cabeza contra el techo —dijo—. El autocar dio una sacudida muy fuerte.

—Seguramente esto no le habrá matado. ¿No hay algo más?

—No puedo decir nada hasta que lo haya examinado correctamente —dijo Loftus con brevedad. Y miró a su alrededor con expresión de azoramiento. Las mujeres se habían apiñado más cerca de él. Los hombres habían empezado a agruparse en el interior del autocar.

Mr. Parker Pyne habló al conductor. Este era un joven fuerte y atlético que, una a una, levantó a las mujeres y las llevó por encima del lodo hasta dejarlas sobre un terreno seco. Pudo hacerlo fácilmente con Mrs. Pentemian y con Netta, pero se tambaleó un poco bajo el peso de la robusta tía de esta.

El interior del autocar quedó despejado para que el médico pudiera hacer su reconocimiento.

Los hombres reanudaron sus esfuerzos para levantar el vehículo. El sol asomaba ahora por el horizonte. Se anunciaba un día magnífico. El lodo estaba secándose rápidamente, pero el autocar continuaba atascado. Se habían roto tres gatos y hasta entonces los esfuerzos realizados no habían dado resultado. Los conductores se pusieron a preparar un desayuno, abriendo latas de salchichas e hirviendo agua para hacer el té de los expedicionarios.

Algo apartado, el médico jefe de escuadrilla, Loftus, estaba dando su veredicto.

—No hay señales de herida alguna. Tal como he dicho, debe de haberse dado un golpe en la cabeza contra el techo.

—¿Está usted seguro de que ha sido una muerte natural? —preguntó Mr. Parker Pyne. Y había algo en su voz que hizo que el médico le dirigiese una viva mirada.

—Queda solo otra posibilidad.

—¿Cuál es?

—Que alguien le haya golpeado la cabeza por detrás con algún objeto parecido a un saco de arena. —Y su tono era de excusa.

—Esto no es muy probable —dijo Williamson, el otro oficial de las Fuerzas Aéreas, un joven con cara de querubín—. Quiero decir que nadie hubiera podido hacerlo sin que lo viéramos.

—¿Y si estábamos durmiendo? —sugirió el doctor.

—De esto nadie puede estar seguro —indicó el otro—. Subir al autocar y todo lo demás era imposible sin despertar a alguien.

—El único que hubiera podido hacerlo —dijo Poli— habría sido alguien que estuviese sentado detrás de él. Así podía escoger el momento sin levantarse siquiera del asiento.

—¿Quién iba sentado detrás del capitán Smethrust? —preguntó el médico.

O'Rourke contestó con rapidez:

—Hensley, señor, de modo que esto no sirve. Hensley era el mejor amigo de Smethrust.

Hubo un silencio. Luego se elevó la voz de Mr. Parker Pyne con un tono que demostraba una tranquila certidumbre.

—Creo —dijo— que el teniente de aviación Williamson tiene algo que comunicarnos.

—¿Yo, señor? Yo... bueno...

—Explícate, Williamson —dijo O'Rourke.

—En realidad, no es nada..., absolutamente nada.

—Explícate.

—Son solo unas palabras de una conversación que oí en Rutbah. Había vuelto al autocar para recoger mi pitillera y estaba buscándola. Fuera, hablaban dos hombres muy cerca de allí. Uno de ellos era Smethrust. Decía... —Y se detuvo.

—Continúa, hombre. Explícate.

—Algo sobre no querer descubrir a un compañero. Parecía tener mucha angustia. Después dijo: «Me callaré hasta Bagdad, pero ni un minuto más. Tendrás que largarte deprisa».

—¿Y el otro hombre?

—No lo conozco, señor. Juro que no lo conozco. Era moreno y solo dijo una o dos palabras que no pude entender.

—¿Quién de ustedes conocía bien a Smethrust?

—No creo que las palabras *un compañero* puedan referirse a nadie más que a Hensley —dijo O'Rourke lentamente—. Yo conocía a Smethrust, pero de un modo muy ligero. Williamson es nuevo aquí... y lo mismo el médico de la escuadrilla, Loftus. No creo que ninguno de ellos lo hubiese visto antes.

Así lo confirmaron los dos oficiales.

—¿Y usted, Poli?

—No había visto nunca a este joven hasta que atravesamos el Líbano en el mismo autocar, desde Beirut.

—¿Y ese armenio?

—No podía ser un compañero —afirmó O'Rourke con decisión.

—Yo tengo quizá una prueba adicional —dijo Mr. Parker Pyne.

Y repitió la conversación que había tenido con Smethrust en el café de Damasco. O'Rourke observó con aire pensativo:

—Usó la frase: «No está bien descubrir a un compañero», y estaba inquieto.

—¿Nadie tiene nada que añadir? —preguntó Mr. Parker Pyne.

El doctor tosió y empezó diciendo:

—Puede que tenga relación con esto...

Se le animó a continuar.

—Sencillamente que oí como Smethrust le decía a Hensley: «Tú no puedes negar que hay una filtración en tu departamento».

—¿Cuándo fue esto?

—Ayer por la mañana, cuando íbamos a salir de Damasco. Pensé que estaban hablando de algún antiguo asunto. No imaginé... —Y se detuvo.

—Amigos míos, esto es interesante —dijo el italiano—. Pieza por pieza, van ustedes dando forma a la prueba.

—Habló usted de un saco de arena, doctor —dijo Mr. Parker Pyne—. ¿Podría un hombre confeccionar un arma así?

—Aquí abunda la arena —contestó el médico secamente, levantando un buen puñado de ella mientras hablaba.

—Poniendo un poco en un calcetín... —empezó a decir O'Rourke, y vaciló. Todos recordaban dos breves frases pronunciadas por Hensley la noche anterior: «Siempre llevo calcetines de recambio. Nunca sabe uno».

Hubo un silencio. Luego, Mr. Parker Pyne dijo con calma:

—Jefe de cuadrilla Loftus, creo que los calcetines de recambio de Mr. Hensley están en el bolsillo de su abrigo, que se encuentra ahora sin duda alguna en el autocar.

Todas las miradas se dirigieron al instante hacia el lugar por el que paseaba, recortada en el horizonte, una figura taciturna.

Hensley se había mantenido apartado desde el descubrimiento de la muerte de Smethrust. Había sido respetado su deseo de permanecer solo, teniendo en cuenta la amistad que había habido entre los dos.

Mr. Parker Pyne continuó:

—¿Quiere usted cogerlos y traerlos aquí?

El médico vaciló, murmurando:

—No me gusta... —Y volvió a mirar hacia la figura que paseaba—. Parece una vileza.

—Debe usted cogerlos, hágame el favor —dijo Mr. Parker Pyne—. Las circunstancias son muy raras. Estamos detenidos aquí y tenemos que saber la verdad. Si trae usted esos calcetines, me imagino que estaremos un paso más cerca de ella.

Loftus se alejó obedientemente.

Mr. Parker Pyne se llevó a Mr. Poli aparte.

—Creo que era usted quien estaba en el pasillo, al otro lado del capitán Smethrust.

—Así es.

—¿Se levantó alguien y pasó por allí?

—Solo la dama inglesa, miss Pryce. Fue al lavabo, en la parte de atrás del autocar.

—¿La vio dar algún traspiés?

—Daba algunos vaivenes con el movimiento de la marcha, naturalmente.

—¿Es ella la única persona que vio usted pasar?

—Sí.

El italiano le dirigió una mirada de curiosidad y dijo:

—Me pregunto quién es usted. Toma el mando y, sin embargo, no es un militar.

—He visto mucho de la vida —contestó Mr. Parker Pyne.

—Ha viajado, ¿eh?

—No, he estado sentado en un despacho.

Loftus volvió con los calcetines. Mr. Parker Pyne los tomó y examinó. Había arena húmeda adherida al interior de uno de ellos.

Mr. Parker Pyne hizo entonces una profunda inspiración.

—Ahora ya lo sé —dijo.

Todas las miradas se concentraron en la figura que se paseaba destacándose sobre el fondo del horizonte.

—Si es posible, desearía ver el cadáver —dijo Mr. Parker Pyne. Y entró con el médico hasta el sitio en el que yacía el cuerpo de Smethrust, cubierto con un trozo de lona que el médico retiró, diciendo:

—No hay nada que ver.

Pero los ojos de Mr. Parker Pyne se habían fijado en la corbata del muerto.

—Es decir, que Smethrust era un antiguo alumno de la Universidad de Eton.

Y entonces Mr. Parker Pyne le sorprendió todavía más.

—¿Qué sabe usted del joven Williamson? —le preguntó.

—Nada en absoluto. Lo vi por primera vez en Beirut. Yo había llegado de Egipto. Pero ¿por qué? Seguramente...

—Bien, fundándonos en sus declaraciones, vamos a colgar a un hombre, ¿no es así? —dijo Mr. Parker Pyne—. Uno debe andar con cuidado.

Parecía hallarse aún interesado en la corbata del muerto. Le desabrochó el cuello. Luego lanzó una exclamación:

—¿Ve usted esto?

En el reverso del cuello de la camisa había una mancha de sangre, pequeña y redonda.

Examinó con más atención el cuello puesto al descubierto.

—Este hombre no ha muerto por un golpe en la cabeza, doctor —dijo con animación—. Ha sido herido en la base del cráneo. Puede usted ver aquí el pequeño pinchazo.

—¡Y me ha pasado inadvertido!

—Se guiaba usted por una falsa suposición —dijo Mr. Parker Pyne a modo de excusa—. La de un golpe en la cabeza. Era bastante fácil no advertir esto, la herida apenas es visible. Un rápido pinchazo con un pequeño instrumento y la muerte es instantánea. La víctima no tiene ni tiempo de gritar.

—¿Cree que con una daga...? ¿Cree que Poli...?

—Los italianos y las dagas van juntos en la fantasía popular... ¡Mire! ¡Ahí viene un coche!

Un turismo acababa de aparecer en el horizonte.

—Bueno —dijo O'Rourke al reunirse con ellos—. Las señoras podrían irse en él.

—¿Y qué hacemos con nuestro asesino? —preguntó Mr. Parker Pyne—. Yo sé que Hensley es inocente.

—¿Usted? Pero ¿cómo? Está claro que tenía arena en el calcetín. —Y O'Rourke abrió mucho los ojos.

—Sé, muchacho —dijo Mr. Parker Pyne suavemente—, que esto no parece tener sentido, pero lo tiene. Smethrust no se dio un golpe en la cabeza. Ya lo ve usted, recibió un pinchazo.

Y, tras una breve pausa, continuó:

—Haga memoria, nada más, de la conversación de que le hablé, la conversación que tuvimos en el café. Usted recogió una frase que le pareció significativa. Pero la que a mí me llamó la atención fue otra frase. Cuando le dije que me dedicaba a jugar a las confidencias, él dijo: «¡Cómo! ¿Usted también?». ¿No le parece que esto es bastante curioso? No creo que llame usted juego de las confidencias a una serie de desfalcos cometidos en un departamento o negociado. El juego de confidencias es más aplicable a alguien como el fugitivo Mr. Samuel Long, por ejemplo.

El médico tuvo un sobresalto. O'Rourke dijo:

—Sí... quizá...

—Yo dije en broma que el fugitivo Mr. Long podía ser uno de nosotros. Suponga que esto es verdad.

—¡Cómo...! ¡Pero es imposible!

—Nada de eso. ¿Qué sabe usted de las personas, aparte de sus pasaportes y de lo que ellas cuentan de sí mismas? ¿Soy yo en realidad Mr. Parker Pyne? ¿Es verdaderamente italiano Mr. Poli? ¿Y qué me dice de la masculina Mrs. Pryce, la mayor, que tan claramente necesita que la afeiten?

—Pero él... Smethrust no debía de conocer a Long.

—Smethrust era un antiguo alumno de Eton. Long estuvo también en aquella universidad. Smethrust pudo haberlo reconocido, aunque no se lo dijese a usted. Pudo haberlo reconocido entre nosotros. Y en este caso, ¿qué iba a hacer? Tiene una inteligencia sencilla y el asunto le causa angustia. Por fin decide no decir nada hasta que lleguemos a Bagdad. Pero una vez allí, ya no callará.

—¿Cree usted que uno de nosotros es Long? —dijo O'Rourke aún aturdido. Y añadió tras inspirar profundamente—: Debe de ser el italiano, debe... ¿O qué me dice del armenio?

—Desempeñar el papel de extranjero y obtener un pasaporte como tal es en realidad mucho más difícil que seguir siendo inglés —contestó Mr. Parker Pyne.

—¿Miss Pryce? —exclamó O'Rourke con acento de incredulidad.

—No —dijo Mr. Parker Pyne—. ¡Este es nuestro hombre!

Con gesto casi amistoso, al parecer, había puesto una mano sobre el hombro del que estaba junto a él. Pero su voz no tenía nada de amistosa y sus dedos apretaban aquel hombro como unas tenazas.

—El jefe de escuadrilla Loftus, o Mr. Samuel Long, no importa el nombre que le dé usted.

—Eso es imposible... imposible —balbuceó O'Rourke—. Loftus lleva muchos años de servicio.

—Pero usted no lo había visto nunca, ¿no es verdad? Era un extraño para todos ustedes. Naturalmente, este no es el verdadero Loftus.

Aquel hombre impasible tomó la palabra:

—Ha sido usted hábil para descubrir todo esto. Y, a propósito, ¿cómo lo ha hecho?

—A causa de su ridícula declaración de que Smethrust había muerto de un golpe en la cabeza. Tomó usted esa idea de lo que contó O'Rourke cuando hablábamos ayer en Damasco. Y pensó: ¡qué sencillo! Era usted el único médico que teníamos. Cualquier cosa que dijese sería aceptada. Tenía en su poder el equipo profesional de Loftus: tenía sus instrumentos. Era fácil elegir una pequeña herramienta adecuada para poner en práctica su idea. Se inclinó para hablar con él y, mientras hablaba, le clavó esta ligera arma. Siguió hablándole uno o dos minutos más. El autocar estaba oscuro. ¿Quién iba a sospecharlo?

»Viene luego el descubrimiento del cadáver. Usted da

su dictamen. Se manifiestan algunas dudas y retrocede a una segunda línea de defensa. Williamson repite la conversación que ha oído entre Smethrust y usted. Se da por supuesto que se refiere a Hensley y usted añade una peligrosa invención propia sobre una filtración en el departamento al que pertenecía y, entonces, yo hago una prueba definitiva. Menciono la arena y los calcetines para que podamos saber la verdad. Pero mis palabras tenían un sentido distinto del que usted les dio. Yo ya había examinado los calcetines de Hensley. No había arena en ninguno de ellos. Fue usted quien la puso.

Mr. Samuel Long encendió un cigarrillo.

—Me rindo —dijo—. La suerte se ha vuelto contra mí. Bueno, lo he pasado bien mientras ha durado. Iban siguiéndome la pista muy de cerca cuando llegué a Egipto. Tropecé con Loftus, que estaba a punto de partir para ocupar su puesto en Bagdad... y no conocía a nadie en este país. La oportunidad era demasiado buena para dejarla escapar. Lo compré. Me costó veinte mil libras. Pero ¿qué era esto para mí? Luego, la maldita suerte me hizo tropezar con Smethrust, ¡un asno como no hay dos! Había sido mi auxiliar adjunto en Eton. En aquellos tiempos, sentía cierta admiración fanática por mí. No le gustaba la idea de entregarme. Hice lo que pude y prometió no descubrirme hasta que llegásemos a Bagdad. ¿Qué probabilidades de escapar tendría yo entonces? Absolutamente ninguna. Solo quedaba un medio: eliminarlo. Pero puedo asegurarles a ustedes que no soy un asesino por naturaleza. Mis aptitudes toman un camino distinto.

Su rostro sufrió un cambio: se contrajo. Osciló y cayó hacia delante.

O'Rourke se inclinó sobre él.

—Probablemente, ácido prúsico en el cigarrillo —dijo Mr. Parker Pyne—. El jugador ha perdido su última partida.

Miró a su alrededor, hacia el ancho desierto. Sobre él

caía la luz del sol. Solo hacía un día que había salido de Damasco... por la puerta de Bagdad.

No pases por debajo, oh caravana, o pasa sin cantar.
¿Has oído ese silencio en que, muertas las aves, aún
parece que se oye el piar de un pájaro?

La casa de Shiraz

Eran las seis de la mañana cuando Mr. Parker Pyne salió con destino a Persia, después de haberse detenido en Bagdad.

En el pequeño avión, el espacio correspondiente a los pasajeros era limitado, y la escasa anchura de los asientos no permitía al corpulento Mr. Parker Pyne instalarse allí cómodamente. Tenía dos compañeros de viaje: un hombre grande, de floreciente aspecto, que le pareció debía de ser algo hablador, y una mujer delgada, de labios apretados y expresión decidida.

En todo caso, pensó Mr. Parker Pyne, no parecen estar dispuestos a consultarme profesionalmente.

No hicieron tal cosa. La mujercilla era una misionera americana, toda ella trabajo duro y felicidad. Y el hombre floreciente estaba empleado en una empresa petrolífera. Habían hecho a sus compañeros de viaje un resumen de sus vidas antes de que el avión se pusiera en marcha.

—Yo no soy más que un turista —había dicho Mr. Parker Pyne modestamente—. Y voy a Teherán, Isfahán y Shiraz.

Y la simple música de aquellos nombres le encantó de tal modo al pronunciarlos que los repitió: Teherán, Isfahán y Shiraz.

Mr. Parker Pyne bajó la mirada sobre el terreno que estaban cruzando. Era un desierto llano. Y sintió el misterio de aquellas regiones vastas y despobladas.

En Kermanshah, el aparato descendió para el examen de los pasaportes y el pago de los derechos de aduana. Abrieron una maleta de Mr. Parker Pyne y examinaron con alguna excitación cierta etiqueta. Se le hicieron preguntas y, como Mr. Parker Pyne no hablaba ni entendía el persa, el asunto ofreció algunas dificultades.

El piloto del aparato se acercó. Era un atractivo joven rubio, con los ojos azules hundidos y el rostro curtido por la intemperie.

—¿Diga usted? —preguntó con buen humor.

Mr. Parker Pyne, que se había esforzado por explicarse con una pantomima excelente y realista, al parecer sin mucho éxito, se volvió hacia él con satisfacción.

—Son polvos para matar chinches —dijo—. ¿Cree usted que puede explicárselo?

El piloto pareció perplejo.

—¿Cómo dice usted?

Mr. Parker Pyne repitió su declaración en alemán. El piloto sonrió y tradujo la frase al persa. Los graves y solemnes funcionarios quedaron complacidos. Sus tristes rostros se animaron y sonrieron. Uno llegó incluso a reírse. Encontraba la idea graciosa.

Los tres pasajeros volvieron a ocupar sus asientos en el avión y el vuelo se reanudó. Descendieron en Hamadán para dejar caer el correo, pero el avión no se detuvo. Mr. Parker Pyne observó el lugar buscando la piedra de Behistún, ese romántico lugar en que Darío describe la extensión de su imperio y sus conquistas en tres lenguas diferentes: babilonio, medo y persa.

Era la una cuando llegaron a Teherán. Allí hubo más formalidades policíacas. El piloto alemán se acercó y sonrió a Mr. Parker Pyne, quien había terminado ya de contestar a un largo interrogatorio que no había entendido.

—¿Qué he dicho? —le preguntó al piloto.

—Que el nombre de pila de su padre es Turista, que su

profesión es Charles, que el nombre de su madre es Bagdad y que ha llegado usted a Harriet.

—¿Tiene esto importancia?

—Ni poca ni mucha. Basta contestar alguna cosa, esto es todo lo que necesitan.

Mr. Parker Pyne sufrió una desilusión en Teherán. Lo encontró desconsoladamente moderno. Así lo dijo por la noche al tropezar con Mr. Schlagal, el piloto, cuando entraba en su hotel. Obedeciendo a un impulso, lo invitó a comer y el alemán aceptó.

Dio órdenes al camarero georgiano que se había acercado a ellos. Sirvieron la comida. Llegados al postre, un plato algo pegajoso confeccionado con chocolate, el aviador dijo:

—¿Es decir que va usted a Shiraz?

—Sí, iré por aire. Luego volveré de Shiraz a Isfahán y Teherán por tierra. ¿Es usted quién me llevará a Shiraz mañana?

—No, no. Yo vuelvo a Bagdad.

—¿Hace tiempo que está usted allí?

—Tres años. Solo hace tres años que se estableció allí nuestro servicio. Hasta ahora no hemos tenido ningún accidente... *unberufen!*[1] —Y tocó la mesa.

Les sirvieron tazas de espeso café. Los dos hombres fumaron.

—Mis primeros pasajeros fueron dos damas —dijo el alemán, evocando sus recuerdos—. Dos damas inglesas.

—Continúe —dijo Mr. Parker Pyne.

—Una de ellas era una joven de muy buena familia, hija de uno de sus ministros. Era..., ¿cómo se llamaba...?, lady Esther Carr. Es hermosa, muy hermosa, pero está loca.

—¿Loca?

—De remate. Vive allí, en Shiraz, en una gran casa. Viste al estilo colonial. No quiere ver a ningún europeo. ¿Es esta la vida propia de una dama de buena familia?

1. ¡Toco madera!

—Ha habido otras —dijo Mr. Parker Pyne—. Lo estuvo lady Hester Stanhope.

—Esta está loca —replicó el otro con brusquedad—. Puede verse en sus ojos. Tiene la misma mirada del comandante de mi submarino durante la guerra. Ahora está en un manicomio.

Mr. Parker Pyne se había quedado pensativo. Recordaba bien a lord Micheldever, el padre de lady Esther Carr. Había trabajado a sus órdenes cuando fue ministro del Interior: un hombre grande y rubio, con los ojos azules predispuestos a la risa. Había visto una vez a lady Micheldever, una conocida belleza irlandesa de cabello negro y ojos azul violeta. Los dos eran personas normales y de buen aspecto, pero, a pesar de esto, era cierto que había desequilibrio mental en la familia Carr. Una locura que se manifestaba de vez en cuando.

—¿Y la otra dama? —preguntó con indiferencia.

—La otra dama... está muerta.

En el acento del joven había algo que hizo levantar vagamente la cabeza a Mr. Parker Pyne.

—Yo tengo corazón —dijo Schlagal—. Aquella mujer me parecía hermosísima. Usted sabe lo que son estas cosas..., caen sobre uno de repente. Era una flor... una flor. —Y suspiró profundamente—. Fui una vez a verlas, a la casa de Shiraz. Lady Esther me había invitado a ir. Mi pequeña, mi flor, temía algo. Yo podía verlo. Cuando volví a Bagdad me dijeron que estaba muerta. ¡Muerta!

Se detuvo un instante y luego añadió con expresión pensativa:

—Es posible que la matara la otra. Le digo a usted que está loca.

Y suspiró. Mr. Parker Pyne pidió dos Benedictines.

—El *curaçao* es bueno —dijo el camarero georgiano. Y les trajo dos *curaçaos*.

* * *

Al día siguiente, pasadas las primeras horas de la tarde, Mr. Parker Pyne había echado su primera ojeada a Shiraz. Habían volado sobre cordilleras de montañas separadas por valles estrechos y desolados. Todo era un desierto árido y reseco. Luego, de repente, apareció Shiraz como una preciosa esmeralda en el centro de aquella soledad.

Shiraz le encantó como no le había gustado Teherán. No le asustó el carácter primitivo del hotel, ni el aire no menos primitivo de las calles.

Se encontraba en medio de unas vacaciones persas. Las fiestas de Nan Ruz habían comenzado la noche anterior: el período de quince días en que los persas celebran su Año Nuevo. Vagó por los bazares vacíos y salió al gran terreno abierto, sobre el lado norte de la ciudad. Toda Shiraz estaba celebrando aquellas fiestas.

Un día dio un paseo por las afueras. Había visitado la tumba del poeta Hafiz y, a su regreso, descubrió una casa que le dejó encantado. Una casa enteramente cubierta de mosaicos azules, rosa y amarillenta, en medio de un verde jardín con agua, naranjos y rosales. Le pareció una casa de ensueño.

Aquella noche comió con el cónsul británico y le interrogó acerca de aquella residencia.

—Un sitio delicioso, ¿no es verdad? Fue construido por un antiguo y opulento gobernador de Luristán que aprovechó bien su posición social. Ahora es de una inglesa. Es posible que conozca usted su nombre: lady Esther Carr. Está loca como una cabra. Se ha convertido completamente en una dama del país. No quiere tener relación alguna con los ingleses.

—¿Es joven?

—Demasiado joven para hacer el tonto de esa manera. Tiene unos treinta años.

—¿No había otra inglesa con ella? ¿Una mujer que murió?

—Sí, hará de eso unos tres años. Ocurrió al día siguiente

de tomar yo posesión de mi cargo aquí. Barham, mi predecesor, murió de repente, ya lo sabe usted.

—¿Cómo murió esa mujer? —preguntó Mr. Parker Pyne.

—Se cayó al patio desde una terraza del primer piso. Era la doncella o la dama de compañía de lady Esther, no recuerdo cuál de las dos cosas. En todo caso, llevaba la bandeja del desayuno y dio un paso atrás. Fue muy triste, no pudo hacerse nada. Se rompió la cabeza contra el suelo.

—¿Cómo se llamaba?

—Me parece que King, ¿o quizá era Wills? —dijo—. No, esta es la misionera. Era una muchacha bastante bonita.

—¿Trastornó esto mucho a lady Esther?

—Sí... no. No lo sé. Se mostró muy rara, yo no pude entender su carácter... Es, bueno, una criatura muy imperiosa. Puede usted darse cuenta de que es alguien, ya sabe lo que quiero decir. Casi me asustó con sus modales dominantes y sus ojos oscuros, que echan llamas.

Y se rio, a modo de excusa, para quedarse luego observando a su compañero; Mr. Parker Pyne tenía, al parecer, la mirada perdida en el espacio. La cerilla que acababa de frotar para encender su cigarrillo ardía en su mano y, al llegar la llama a los dedos, la tiró con una exclamación de dolor. Después, sonrió ante la asombrada expresión del cónsul.

—Perdone —le dijo.

—¿Estaba usted viendo visiones?

—A montones —contestó Mr. Parker Pyne enigmáticamente. Y se pusieron a hablar de otras cosas.

Aquella noche, a la luz de una pequeña lámpara de petróleo, Mr. Parker Pyne escribió una carta. Esta composición dio lugar a muchas vacilaciones. No obstante, al final quedó redactada en forma muy sencilla:

Mr. Parker Pyne saluda respetuosamente a lady Esther Carr y se complace en hacerle saber que se hospeda en el Hotel Fars durante los próximos tres días en caso de que desease consultarle.

E incluyó un recorte de periódico: el famoso anuncio.

¿ES USTED FELIZ? SI NO LO ES
CONSULTE A MR. PARKER PYNE,
17 RICHMOND STREET

—Esto obrará el milagro —se dijo Mr. Parker Pyne al meterse con cuidado en su no muy cómoda cama—. Veamos: cerca de tres años. Sí, esto debe dar resultado.

Al día siguiente, hacia las cuatro, llegó la contestación. La trajo un criado persa que no entendía el inglés:

Lady Esther Carr se complacerá en recibir a Mr. Parker Pyne, si viene a verla esta noche, a las nueve.

Mr. Parker Pyne sonrió.

El mismo criado fue quien le recibió aquella noche. Fue conducido por un jardín oscuro y subió por una escalera exterior que daba la vuelta hacia la parte posterior de la casa. Desde allí se abrió una puerta y atravesó un patio central que estaba descubierto. Contra la pared se veía un gran diván y en él se hallaba reclinada una figura sorprendente.

Lady Esther iba cubierta de ropajes orientales y hubiera podido sospecharse que una posible razón de esta preferencia consistía en el hecho de que armonizaba bien con su belleza de tipo oriental. El cónsul había dicho que era una mujer imperiosa y esta era, en efecto, la impresión que causaba su actitud. Mantenía alta la barbilla y sus cejas eran muy arrogantes.

—¿Es usted Mr. Parker Pyne? Siéntese ahí.

Y señaló con la mano un montón de almohadones. En el dedo corazón de dicha mano brillaba una esmeralda en la que estaba grabado el escudo de armas de su familia. La poseía por herencia, y Mr. Parker Pyne pensó que valía una pequeña fortuna.

Obedeció la indicación, aunque con alguna dificultad. A un hombre de su corpulencia no le era fácil sentarse airosamente.

Apareció un criado con un servicio de café. Mr. Parker Pyne tomó su taza y empezó a sorberlo con gesto de aprobación. La dueña de la casa había adquirido la costumbre oriental de guardar una calma infinita. No se apresuró a entrar en conversación. También ella sorbió el café con los ojos semicerrados. Por fin, habló:

—Así que usted ayuda a las personas que no son felices. O, por lo menos, esto es lo que afirma en su anuncio.

—Sí.

—¿Por qué me lo ha enviado? ¿Es este su modo de trabajar cuando viaja?

En estas palabras había un tono resueltamente ofensivo, pero Mr. Parker Pyne lo pasó por alto y contestó con sencillez:

—No. Mi idea, al viajar, es tomarme unas completas vacaciones.

—Entonces, ¿por qué me lo ha enviado?

—Porque tengo motivos para creer que usted... no es feliz.

Hubo un momento de silencio. Él sentía gran curiosidad.

¿Cómo se lo tomaría ella? La dama tardó un minuto en decidirse sobre este punto. Luego se echó a reír.

—Supongo que usted se ha figurado que toda persona que deja el mundo, que vive como yo vivo, separada de mi raza, de mi patria, ¡lo hace porque es desdichada! Penas, desengaños... ¿Cree usted que algo así me ha traído al destierro? Bien, ¿cómo podría usted entenderlo? Allí, en Inglaterra, yo era un pez fuera del agua. Aquí soy yo misma. Yo soy una oriental de corazón. Me gusta este retiro. Me atreveré a decir que usted no puede entenderlo. A usted debe de parecerle... —vaciló un momento— que estoy loca.

—Usted no está loca —dijo Mr. Parker Pyne.

Y su voz revelaba una tranquila seguridad. Ella lo miró con curiosidad.

—Pero por ahí, por lo que sé, dicen que lo estoy. ¡Tontos! En el mundo tiene que haber gente de toda clase. Soy completamente feliz.

—Y, no obstante, me ha hecho venir —observó Mr. Parker Pyne.

—No negaré que he sentido curiosidad por verlo. —Vaciló—. Además, aunque no quiero volver nunca a Inglaterra, me gusta informarme de lo que pasa...

—¿En el mundo que ha dejado?

Ella hizo un gesto afirmativo.

Mr. Parker Pyne empezó a hablar. Su voz, clara y tranquilizadora, adoptó al principio un tono moderado que luego se elevó para acentuar algunos de los puntos que tocaba.

Habló de Londres, de los rumores de sociedad, de los hombres y mujeres famosos, de los nuevos restaurantes y clubes nocturnos, de las carreras y cacerías y de los escándalos de las residencias veraniegas. Habló de ropa, de las modas de París, de establecimientos modestos en las calles populares en los que podían encontrarse notables gangas. Describió los teatros y cines, habló de las películas, describió la construcción de los nuevos jardines en los suburbios, charló de plantas y jardinería... Y llegó, por último, a una llana descripción de Londres al anochecer, con sus tranvías y autobuses y las muchedumbres que se apresuraban a regresar a casa tras el trabajo diario, y de los pequeños hogares que les aguardaban, y de todo el extraño modelo íntimo de la vida familiar inglesa.

Aquel fue un discurso verdaderamente notable, en el que el orador hizo gala de sus amplios y desusados conocimientos y de su habilidad para exponer los hechos en el debido orden. Lady Esther había dejado caer la cabeza, su actitud había perdido toda la arrogancia de antes. Durante algún rato, sus lágrimas se habían deslizado con calma y ahora, cuando él hubo terminado, abandonó toda afectación y lloró abiertamente.

Mr. Parker Pyne no dijo nada. Permaneció allí inmóvil, observándola. Su rostro tenía la expresión tranquila y satisfecha de una persona que ha realizado un experimento y obtenido el resultado que deseaba.

Por último, ella levantó la cabeza y dijo con amargura:

—Bien, ¿está usted ahora contento?

—Así lo creo... ahora.

—¿Cómo voy a soportarlo? ¿Cómo voy a soportarlo? No poder salir nunca más de aquí, ¡no volver a ver nunca... a nadie!

Y aquel grito había venido como si se lo hubiesen arrancado. Luego se rehízo, sonrojándose.

—¿Qué más? —preguntó airadamente—. ¿No va a hacerme la obligada observación? ¿No va a decirme: «Si tanto desea volver a su país, por qué no lo hace»?

—No —contestó Mr. Parker Pyne moviendo la cabeza—, esto está muy lejos de ser tan fácil para usted.

Por primera vez, se asomó a sus ojos una expresión de temor.

—¿Sabe usted por qué no puedo irme?

—Así lo creo.

—Se equivoca —replicó ella moviendo la cabeza—. La razón de que no pueda irme no la imaginará usted nunca.

—Yo no imagino —dijo Mr. Parker Pyne—. Yo observo... y clasifico.

Ella volvió a mover la cabeza.

—No sabe usted absolutamente nada.

—Veo que tendré que convencerla —dijo Mr. Parker Pyne placenteramente—. Cuando vino usted aquí, lady Esther, utilizó, según creo, el nuevo servicio aéreo desde Bagdad.

—Sí.

—Conducía el aparato un piloto llamado Schlagal, que vino luego a verla a usted.

—Sí. —Y, de algún modo inexplicable, este segundo «sí» pareció sonar más suave.

—Y tenía usted una amiga o compañera que... murió —dijo él, ahora con una voz dura como el acero, fría, ofensiva.

—Mi acompañante.

—¿Y se llamaba...?

—Muriel King.

—¿Le tenía usted afecto?

—¿Qué quiere decir con «afecto»? —Y se detuvo, conteniéndose—. Me era útil.

Lo había dicho con altivez y Mr. Parker Pyne recordó las palabras del cónsul: «Se nota que es alguien, si sabe lo que quiero decir».

—¿Sintió usted lástima cuando murió?

—Yo... ¡naturalmente! Mr. Pyne, con franqueza, ¿es necesario hablar de todo esto? —Lo había dicho con ira y continuó, sin esperar la contestación—: Ha sido usted muy amable viniendo a verme. Pero estoy algo fatigada. Si quiere decirme lo que le debo...

Pero Mr. Parker Pyne no se movió ni dio señales de haberse ofendido. Y continuó tranquilamente con sus preguntas.

—Desde que ella murió, Mr. Schlagal no ha venido a verla a usted. Suponiendo que viniese, ¿usted lo recibiría?

—No lo recibiría.

—¿Se negaría en redondo?

—En redondo. Mr. Schlagal no será nunca admitido aquí.

—Sí —dijo Mr. Parker Pyne con aire pensativo—. No podía usted decir otra cosa.

La armadura defensiva de su arrogancia se aflojó un poco. Y dijo con expresión incierta:

—No... no sé qué quiere usted decir.

—¿Sabía usted, lady Esther, que el joven Schlagal se enamoró de Muriel King? Es un joven sentimental. Todavía adora su recuerdo.

—¿Es así? —Y su voz fue casi un murmullo.

—¿Cómo era?

—¿Qué quiere usted decir con cómo era? ¡Qué sé yo!

—Usted debía de haberla mirado algunas veces —dijo Mr. Parker Pyne con amabilidad.

—¡Oh, sí! Era una joven de muy buen aspecto.

—¿Aproximadamente de la edad de usted?

—Aproximadamente. —Y añadió, tras una pausa—: ¿Por qué cree usted que ese... Schlagal la quería?

—Porque me lo dijo él mismo. Sí, sí, en los términos más inequívocos. Tal como le digo, es un joven sentimental. Estaba contento de hacerme esa confidencia. Se trastornó mucho cuando ella murió de aquel modo.

Lady Esther se levantó de un salto.

—¿Cree usted que yo la asesiné?

Mr. Parker Pyne no se levantó. No era de la clase de hombres que saltan de su asiento.

—No, mi querida niña —dijo—. Yo no creo que usted la asesinara y, siendo así, me parece que cuanto más pronto termine esta comedia y entre en razón, mejor.

—¿Qué quiere usted decir con «esta comedia»?

—La verdad es que perdió usted la serenidad. Sí, perdió la serenidad de mala manera. Creyó que iba a ser acusada de haber dado muerte a su señora.

La muchacha hizo un rápido movimiento. Mr. Parker Pyne continuó:

—Usted no es lady Esther Carr. Lo sabía antes de venir aquí, pero la he puesto a prueba para asegurarme. —Y apareció su sonrisa blanda y benévola—. Mientras hacía mi discursillo, he estado observándola y siempre la he visto reaccionar como Muriel King, no como Esther Carr. Las tiendas baratas, los cines, los nuevos jardines de los suburbios, los viajes en autobús y en tranvía, todo esto le ha interesado. Los cotilleos sobre las residencias veraniegas, los nuevos clubes nocturnos, las habitaciones de Mayfair, los asistentes a las carreras... Nada de ello le ha interesado lo más mínimo.

Su voz se hizo más persuasiva y paternal.

—Siéntese y cuéntemelo todo. Usted no asesinó a lady Esther, pero pensó que podía ser acusada de haberlo hecho. Dígame cómo ocurrió todo.

Ella inspiró largamente. Luego se dejó caer de nuevo en el diván y empezó a hablar. Sus palabras brotaban apresuradas, a borbotones.

—Debo empezar... por el principio. Yo... estaba asustada de ella. Estaba loca..., no completamente, pero sí un poco. Me trajo aquí con ella. Como una tonta, yo estaba encantada. Esto me parecía tan romántico... Una tontita. Esto es lo que yo era: una tontita. Hubo algo a propósito de un chófer. Ella estaba loca por los hombres. El chófer no quiso tener nada que ver con ella y esto se supo. La historia empezó a circular entre sus amigas, que se rieron del caso. Y ella rompió con su familia y se vino aquí.

»Todo era para evitar la vergüenza: la soledad en el desierto, etcétera. Hubiera continuado así algún tiempo y luego hubiera regresado. Pero fue poniéndose cada vez más rara. Y estaba el piloto. Ella... se encaprichó de él. Él vino aquí a verme y ella pensó... Oh, bien, ya se lo debe de imaginar usted. Pero él hubiera debido dárselo a entender claramente.

»Y luego, de repente, se volvió contra mí. Se volvió horrible, imponente. Dijo que yo no volvería nunca más a Inglaterra. Dijo que estaba en su poder. Dijo que yo era una esclava. Solo esto, una esclava. Y que ella tenía sobre mí el derecho de vida o muerte.

Mr. Parker Pyne hizo un gesto afirmativo. Vio cómo se

desenvolvía la situación. Vio a lady Esther traspasando lentamente el límite de la cordura, como antes que ella lo habían hecho otros en su familia, y a la muchacha aterrada, ignorante del mundo, creyendo todo lo que se le decía.

—Pero un día algo pareció cambiar de pronto en mi interior. Le planté cara. Le dije que, si llegábamos a ese extremo, yo era más fuerte que ella. Le dije que la tiraría sobre las piedras del piso de abajo. Y ella se quedó asustada. Supongo que había pensado que yo no era más que un gusano. Di un paso hacia ella... No sé qué pensó que me proponía hacer. Retrocedió. Se... ¡se cayó por el borde de la terraza! —Y Muriel King se cubrió el rostro con las manos.

—¿Y entonces? —apuntó Mr. Parker Pyne.

—Perdí la cabeza. Pensé que dirían que yo la había empujado para que se cayese. Pensé que nadie me escucharía, que me encerrarían en alguna horrible prisión de este país. —Y movió los labios. Mr. Parker Pyne percibió con claridad que estaba dominada por un miedo que no admitía razones—. Y después se me ocurrió que ¡si fuese yo la víctima...! Sabía que había llegado un nuevo cónsul británico que no nos había visto a ninguna de las dos. Y la otra había muerto.

»Podía encargarme de los criados. Para ellos éramos dos inglesas locas. Cuando una moría, continuaba la otra. Les hice buenos regalos en dinero y los envié a buscar al cónsul de Inglaterra. Este vino y yo le recibí como si fuese lady Esther. Me había puesto su anillo en el dedo. El cónsul fue muy amable y lo arregló. Nadie sospechó.

Mr. Parker Pyne hizo un gesto afirmativo con aire pensativo. El prestigio de un nombre ilustre. Lady Esther Carr podía estar loca de remate, pero no por ello dejaba de ser lady Esther Carr.

—Y después de esto —continuó Muriel—, me arrepentí de lo que había hecho. Vi que también yo había estado loca, furiosa. Quedaba condenada a quedarme aquí representando un papel. No veía el modo de poder escaparme nunca. Si confesaba la verdad, parecería más cierto aún que yo la había asesinado. ¡Oh, Mr. Parker Pyne! ¿Qué voy a hacer? ¿Qué voy a hacer?

—¿Hacer? —Y Mr. Parker Pyne se puso en pie tan deprisa como lo permitía su corpulencia—. Mi querida niña, va usted a venir conmigo ahora a ver al cónsul británico, que es un hombre muy amable y bondadoso. Deberá pasar por algunas formalidades poco agradables. No le prometo que todo vaya a ir viento en popa, pero no será usted ahorcada por asesinato. A propósito, ¿cómo se encontró la bandeja junto al cadáver?

—Yo la tiré abajo. Creí... que parecería mucho más que yo era la muerta si la bandeja estaba allí. ¿Hice una tontería?

—Al contrario, esto fue más bien un rasgo de habilidad —dijo Mr. Parker Pyne—. En realidad, este era el único detalle que me hizo pensar, antes de verla, que podía usted haber asesinado a lady Esther. Cuando la vi, comprendí que, a pesar de lo que pudiera ser capaz de hacer en la vida, nunca mataría a nadie.

—¿Porque me falta valor, quiere decir?

—Porque no reaccionaría usted así —dijo Mr. Parker Pyne sonriendo—. Bien, ¿nos vamos? Hay unos momentos poco gratos que soportar, pero yo la acompañaré mientras dure, y luego a Streatham Hill... Es Streatham Hill, ¿verdad? Sí, me lo figuraba. He visto cómo su rostro se contraía cuando he nombrado un determinado autobús. ¿Viene usted, querida?

Muriel King retrocedió y dijo nerviosamente:

—No me creerán. Ni su familia ni nadie. No querrán creer que ella podía comportarse como lo hizo.

—Déjelo de mi cuenta —dijo Mr. Parker Pyne—. Yo sé algo de la historia de su familia, ya comprende. Venga, niña, no siga haciendo el papel de cobarde. Recuerde que hay en Teherán un joven a quien se le está partiendo el corazón a suspiros. Vale más que arreglemos las cosas para que vaya usted a Bagdad en su avión.

La muchacha sonrió, ruborizándose.

—Estoy dispuesta —dijo sencillamente. Luego, al encaminarse a la puerta, se volvió—. Ha dicho usted que sabía que yo no era lady Esther Carr antes de verme. ¿Cómo podía saberlo?

—Estadísticas —contestó Mr. Parker Pyne.

—¿Estadísticas?

—Sí. Tanto lord como lady Micheldever tenían los ojos azules. Cuando el cónsul me dijo que su hija los tenía centelleantes y oscuros, comprendí que allí había alguna equivocación. Una pareja de ojos oscuros puede tener un hijo de ojos azules, pero no al revés. Un hecho científico, se lo aseguro a usted.

—¡Creo que es usted maravilloso! —dijo Muriel King.

La perla de valor

Los expedicionarios habían tenido un día largo y fatigoso. Habían salido de Ammán por la mañana temprano, con una temperatura de treinta y seis grados y medio a la sombra, y habían llegado por fin cuando empezaba a oscurecer en el campamento, situado en el corazón de esa ciudad de fantástica y absurda roca roja que es Petra.

Eran siete personas. Mr. Caleb P. Blundell, ese macizo y próspero magnate americano; su moreno, bien parecido y algo taciturno secretario, Jim Hurst; sir Donald Marvel, miembro del Parlamento inglés, de expresión fatigada; el doctor Carver, veterano arqueólogo de fama mundial; un valeroso francés, el coronel Dubosc; un tal Mr. Parker Pyne, de profesión quizá no tan claramente definida, pero que respiraba la atmósfera de la solidez británica, y, por último, miss Carol Blundell, bonita, mimada y extremadamente segura de sí misma: la única mujer entre media docena de hombres.

Cenaron en la gran tienda, después de elegir las tiendas o cuevas que debían servirles de dormitorios. Hablaron de la política de Oriente Medio, el inglés con cautela, el francés discretamente, el americano de un modo inconexo y superficial. El arqueólogo y Mr. Parker Pyne no dijeron nada, prefiriendo, al parecer, el papel de oyentes. Y lo mismo Jim Hurst.

Luego hablaron de la ciudad que habían venido a visitar.

—Esto es demasiado romántico para ser expresado con palabras —dijo Carol—. Pensar que estos..., ¿cómo los llaman ustedes?..., nabateos, han vivido aquí todo este período... ¡Casi desde que empezó a correr el tiempo!

—No tanto —dijo Mr. Parker Pyne—. ¿No es verdad, doctor Carver?

—¡Oh! Esto es solo una cuestión de no más de dos mil años, y si hay romanticismo en el bandidaje, entonces sí, supongo que los nabateos eran románticos. Eran una cuadrilla de bandidos ricos, diría yo, que obligaban a los viajeros a utilizar sus propias rutas de caravanas, cuidando de que las otras rutas fuesen peligrosas. Petra es el almacén del botín que recogieron.

—¿Cree usted que no eran más que bandidos? —preguntó Carol—. ¿Nada más que vulgares ladrones?

—La palabra *ladrón* es menos romántica, miss Blundell. Un ladrón puede ser un simple ratero. Un bandido da la idea de un extenso campo de operaciones.

—¿Y qué me dice de un financiero moderno? —sugirió Mr. Parker Pyne con un movimiento de los párpados.

—¡Esto va para ti, papá! —exclamó Carol.

—Un hombre que gana dinero beneficia a la humanidad —afirmó Mr. Blundell en tono elocuente.

—La humanidad es tan ingrata... —murmuró Mr. Parker Pyne.

—¿Qué es la honradez? —preguntó el francés—. Es una *nuance*, un matiz convencional. En países diferentes significa cosas distintas. Un árabe no se avergüenza de robar, no se avergüenza de mentir. Lo que para él es importante es a quién roba o a quién miente.

—Es decir, el punto de vista —dijo Carver.

—Lo que demuestra la superioridad de Occidente sobre Oriente —observó Blundell—. Cuando estas pobres criaturas se eduquen...

Lánguidamente, sir Donald entró en la conversación:

—Ya saben ustedes que la educación tiene mucho de engaño. Enseña a la gente una cantidad de cosas inútiles. Quiero decir que nada altera lo que uno es.

—¿Lo que significa...?

—Lo que significa que el que roba una vez robará siempre.

Hubo un momento de silencio absoluto. Luego, Carol se puso a hablar febrilmente de los mosquitos y su padre la secundó.

Un poco desconcertado, sir Donald le murmuró a su vecino, Mr. Parker Pyne:

—Parece que he cometido una torpeza, ¿eh?

—Es curioso —dijo Mr. Parker Pyne.

Cualquiera que fuese la momentánea turbación causada por el incidente, una persona había dejado de advertirla. El arqueólogo se había quedado callado, con los ojos soñadores y distraídos. Pero, cuando se produjo una pausa, dijo de repente:

—Estoy de acuerdo con esto..., por lo menos desde el punto de vista opuesto. Un hombre es, o no es, fundamentalmente honrado. Eso no tiene vuelta de hoja.

—¿No cree usted que una tentación repentina, por ejemplo, convertirá a un hombre honrado en un criminal? —preguntó Mr. Parker Pyne.

—¡Imposible! —dijo Carver.

En este punto, Mr. Parker Pyne movió la cabeza suavemente.

—Yo no diría que es imposible. Ya lo ve usted, hay tantos factores a tener en cuenta... Está, por ejemplo, el aspecto crítico.

—¿Qué es lo que usted llama el aspecto crítico? —preguntó el joven Hurst, hablando por primera vez. Su voz era profunda y bastante agradable.

—El cerebro está ajustado para llevar un determinado peso. Un detalle insignificante puede precipitar una crisis y convertir a un hombre honrado en un canalla. Esta es la razón por la que la mayoría de los crímenes son absurdos. Nueve de cada diez veces, la causa es ese ligero sobrepeso..., la gota que colma el vaso.

—Está usted hablando del aspecto psicológico, amigo mío —dijo el francés.

—Si un criminal fuese psicólogo, ¡qué clase de criminal podría ser! —dijo Mr. Parker Pyne. Y se detuvo como si saborease la idea—. Cuando uno piensa que de cada diez personas que encuentra, nueve por lo menos podrían ser inducidas a actuar del modo que él quisiera con solo aplicarles el estímulo adecuado...

—¡Oh, explique eso! —exclamó Carol.

—Está el hombre que se intimida: grítele lo suficiente y obedece. Está el que lleva la contraria: exíjale lo contrario de lo que usted desea que haga. Está luego la persona sugestionable, el más frecuente de todos los tipos. Estos son los que han visto un automóvil porque han oído una bocina. Los que ven un cartero porque oyen el ruido del buzón. Los que ven un cuchillo en una herida porque les han dicho que han apuñalado a un hombre u oyen una detonación porque les han dicho que alguien ha sido asesinado de un tiro.

—Me imagino que nadie podría sugestionarme a mí de esta manera —dijo Carol incrédula.

—Tú eres demasiado lista para esto, querida —observó su padre.

—Es muy cierto lo que ha dicho usted —añadió el francés con tono reflexivo—. La idea preconcebida engaña a los sentidos.

Carol bostezó.

—Me voy a mi cueva —dijo—. Estoy muerta de cansancio. Abbas Effendi ha dicho que tenemos que salir mañana temprano. Nos lleva al lugar del sacrificio... o lo que quiera que sea.

—Allí es donde sacrifican a las muchachas jóvenes y hermosas —dijo sir Donald.

—¡Misericordia! ¡Espero que no! Bien, buenas noches a todos. Oh, se me ha caído un pendiente no sé cómo.

El coronel Dubosc lo recogió de encima de la mesa adonde había ido a parar y se lo devolvió.

—¿Son auténticas? —preguntó sir Donald de repente. Descortésmente, estaba mirando las dos grandes perlas que ella llevaba en las orejas.

—Son auténticas —contestó Carol con energía.

—Me costaron ochenta mil dólares —añadió su padre con gran satisfacción—. Y se las pone tan flojas que se le caen y ruedan por el suelo. ¿Quieres arruinarme, muchacha?

—Debo decir que no te arruinaría aunque hubieras de comprarme otro par —dijo Carol cariñosamente.

—Supongo que no —convino su padre—. Podría comprarte tres pares de pendientes de esta clase sin que se notase en mi saldo del banco. —Y dirigió a su alrededor una mirada de orgullo.

—¡Qué satisfacción para usted! —dijo sir Donald.

—Bien, señores, creo que voy a retirarme —dijo Blundell—. Buenas noches.

El joven Hurst se fue con él. Los otros cuatro se sonrieron entre sí como poseídos por el mismo pensamiento.

—Bueno —dijo con calma sir Donald—, ¡es bonito saber que no echaría en falta el dinero! ¡Orgulloso cerdo ricachón! —añadió con rencor.

—Esos americanos tienen demasiado dinero —observó Dubosc.

—Para un rico es difícil ser apreciado por los pobres —dijo Mr. Parker Pyne amablemente.

Dubosc se echó a reír.

—¿Envidia o malicia? —insinuó—. Tiene usted razón, señor mío. Todos quisiéramos ser ricos para poder comprar varios pares de pendientes de perlas. Excepto, quizá, el caballero aquí presente.

Y saludó con la cabeza al doctor Carver, que, según parecía ser su costumbre, volvía a hallarse abstraído. Estaba jugando con un pequeño objeto que tenía en la mano.

—¿Eh? —dijo despertándose—. No, debo admitir que no ambiciono las grandes perlas, pero el dinero es siempre útil, por supuesto. —Y su tono puso al dinero en el lugar que le correspondía—. Pero miren esto: aquí hay algo cien veces más interesante que las perlas.

—¿Qué es?

—Es un sello cilíndrico de hematites negra y en él está grabada una escena de presentación: un dios presenta a un suplicante a otro dios entronizado y más poderoso. El suplicante lleva un cabrito a modo de ofrenda y el dios augusto que ocupa el trono está protegido contra las moscas por un siervo que lo abanica con una rama de palmera. La clara inscripción hace mención del hombre como un servidor de Hammurabi, de modo que debe de haber sido hecha hace cuatro mil años.

Sacó del bolsillo un trozo de plastilina y esparció un poco sobre la mesa. La engrasó luego con vaselina e hizo girar el cilindro por encima. A continuación, con un cortaplumas, desprendió un cuadrado de plastilina y lo separó despacio del tablero.

—¿Lo ven ustedes?

La escena que había descrito apareció limpia y clara sobre la plastilina.

Por un momento, se sintieron poseídos por el encanto del pasado. De repente, llegó de fuera la voz musical de Mr. Blundell.

—¡Oigan, amigos! ¡Saquen mi equipaje de esa condenada cueva y llévenlo a una tienda! Los *noseeums*[1] pican de lo lindo. No voy a poder pegar ojo.

1. *No-see-ums*, es decir: *You don't see them* («Tú no los ves»), en el inglés popular de la India. *(N. del T.)*

—¿*Noseeums?* —preguntó Donald.

—Probablemente moscas de la arena —dijo el doctor Carver.

—Me gusta *noseeums* —dijo Mr. Parker Pyne—. Es un nombre mucho más sugestivo.

* * *

A la mañana siguiente, los expedicionarios se pusieron en marcha temprano tras varias exclamaciones acerca del color y el tono de las rocas. La ciudad «rosa encarnada» era verdaderamente un capricho extravagante y pintoresco de la naturaleza. Adelantaban despacio, puesto que el doctor Carver caminaba con los ojos clavados en el suelo, deteniéndose de vez en cuando para recoger pequeños objetos.

—Siempre puede uno reconocer a un arqueólogo... de este modo —dijo el coronel Dubosc sonriendo—. Nunca mira el cielo ni las montañas ni las bellezas de la naturaleza. Anda con la cabeza inclinada, buscando.

—Sí, pero ¿para qué? —preguntó Carol—. ¿Qué cosas recoge usted, doctor Carver?

Con una ligera sonrisa, el arqueólogo mostró un par de fragmentos cenagosos de cerámica.

—¡Esa basura! —exclamó Carol desdeñosamente.

—La cerámica es más interesante que el oro —replicó el doctor Carver. Carol le dirigió una mirada de incredulidad.

Así llegaron a una curva pronunciada del camino y dejaron atrás dos o tres tumbas excavadas en la roca. La subida era algo difícil. La escolta beduina iba delante, pasando por el borde de los precipicios con indiferencia, sin mirar el abismo que se abría a uno de sus lados.

Carol parecía un poco pálida. Uno de la escolta se inclinó y tendió una mano. Hurst saltó delante de ella y sostuvo su bastón a modo de baranda sobre ese lado peligroso. Ella le dio las gracias con una mirada y un momento después se halló en el ancho sendero de roca. Los otros seguían despacio. El sol estaba alto ahora y empezaba a dejarse sentir el calor.

Por último, alcanzaron una ancha meseta, casi en la cumbre. Una ascensión fácil los condujo al extremo de un gran bloque cuadrado de roca. Blundell indicó al guía que irían solos. Los beduinos se instalaron cómodamente contra las rocas y empezaron a fumar. Pocos minutos después, los otros habían alcanzado la cima.

Era un lugar curioso y despejado. La vista era maravillosa y comprendía un valle a uno y otro lado. Se hallaban sobre un sencillo suelo rectangular, con pilones excavados al lado y una especie de altar de sacrificios.

—Un sitio espléndido para los sacrificios —dijo Carol con entusiasmo—. ¡Pero, Dios mío, necesitarían mucho tiempo para traer a las víctimas aquí arriba!

—Antes había una especie de camino en zigzag, sobre la roca —explicó el doctor Carver—. Veremos las señales cuando bajemos por el otro lado.

Durante algún rato se intercambiaron largos comentarios, sosteniéndose la conversación. Luego se oyó un ligero tintineo y el doctor Carver dijo:

—Creo que ha vuelto a perder su pendiente, miss Blundell.

Carol se llevó la mano a la oreja enérgicamente.

—Vaya, pues es verdad.

Dubosc y Hurst empezaron a buscar a su alrededor.

—Debe de estar aquí mismo —dijo el francés—. No puede haberse alejado rodando, pues no hay ningún escondrijo adonde hubiera podido ir a parar. Esto es como una caja cuadrada.

—¿No puede haberse metido en alguna grieta? —preguntó Carol.

—No hay grietas por ninguna parte —dijo Mr. Parker

Pyne—. Puede comprobarlo usted misma. El suelo es completamente liso. Ah, ¿ha encontrado usted algo, coronel?

—Solo un guijarro —dijo Dubosc, sonriendo y tirándolo.

Gradualmente, aquellas pesquisas fueron haciéndose con un nuevo espíritu, un espíritu de tensión. No se pronunciaron en voz alta, pero las palabras *ochenta mil dólares* estaban presentes en todas las conciencias.

—¿Estás segura de que lo llevabas, Carol? —dijo su padre con energía—. Quiero decir que quizá se te cayó cuando subíamos.

—Lo llevaba puesto cuando entramos en esta meseta —contestó Carol—. Lo sé porque el doctor Carver me advirtió que estaba flojo y me lo sujetó él mismo. ¿No es así, doctor?

El doctor Carver hizo un gesto afirmativo. Fue sir Ronald quien anunció lo que todos pensaban.

—Este es un asunto bastante desagradable, Mr. Blundell —dijo—. Anoche nos habló usted de lo que valían esos pendientes. Uno solo de ellos equivale a una pequeña fortuna. Si este pendiente no se encuentra, y no parece que vaya a encontrarse, cada uno de nosotros se hallará bajo sospecha.

—Y yo, por mi parte, pido que me registren —interrumpió el coronel Dubosc—. No lo pido: ¡lo exijo como un derecho!

—Pueden ustedes registrarme también a mí —dijo Hurst con una voz que parecía dura.

—¿No es esto lo que pensamos todos los demás? —preguntó sir Donald con una mirada altiva a su alrededor.

—Ciertamente —dijo Mr. Parker Pyne.

—Una excelente idea —añadió el doctor Carver.

—Yo también quiero ser registrado, señores —dijo Mr.

Blundell—. Tengo mis razones para ello, aunque no insistiré en ellas.

—Como usted desee, Mr. Blundell, por supuesto —dijo Donald cortésmente.

—Carol, querida: ¿quieres irte abajo y esperar con los guías?

Sin una palabra, la muchacha los dejó. La expresión de su rostro era tristemente resuelta. Tenía un aspecto desesperado que llamó la atención por lo menos a uno de los presentes. Y este se preguntó cuál podría ser la causa.

El registro, que fue riguroso y completo, se efectuó con resultado enteramente satisfactorio. Una cosa era segura: nadie llevaba el pendiente encima. Una vez hubieron descendido de la meseta, las descripciones y la información de los guías fueron escuchadas por un grupo de viajeros deprimidos.

Mr. Parker Pyne acababa de vestirse para el almuerzo cuando apareció una figura en la puerta de su tienda.

—¿Puedo pasar, Mr. Parker Pyne?

—Por supuesto, mi querida señorita, por supuesto.

Carol entró y se sentó en la cama. Su rostro conservaba la triste expresión que él había advertido un poco antes.

—Usted afirma que arregla los asuntos de las personas que no son felices, ¿no es verdad? —preguntó la joven.

—Estoy de vacaciones, miss Blundell. No me encargo de ningún caso.

—Bien, va usted a encargarse de este —dijo la muchacha con calma—. Mire, Mr. Parker Pyne, soy muy desdichada.

—¿Qué es lo que le preocupa? —le preguntó él—. ¿Este asunto del pendiente?

—Precisamente. Usted lo ha dicho. Jim Hurst no lo ha cogido. Yo sé que no lo ha cogido.

—No entiendo bien, miss Blundell. ¿Por qué debería pensar que lo ha cogido él?

—Por sus antecedentes. Jim Hurst robó una vez. Fue sorprendido en nuestra casa. Yo... yo sentí pena por él. Parecía entonces tan joven y tan desesperado...

«Y tan guapo», pensó Mr. Parker Pyne.

—Persuadí a papá para que le diese una oportunidad de corregirse. Mi padre haría cualquier cosa por mí. Pues bien, papá le dio a Jim su oportunidad y se ha corregido. Papá ha llegado a contar con él y a confiarle los secretos de sus negocios. Y, al final, todo quedará como antes, o hubiera quedado de no haber ocurrido esto.

—Cuando dice: todo quedará como antes...

—Entienda que quiero casarme con Jim y que él quiere casarse conmigo.

—¿Y sir Donald?

—Sir Donald es una idea de mi padre, no mía. ¿Cree usted que voy a casarme con un pez relleno como sir Donald?

Sin expresar opinión alguna sobre esta descripción del joven inglés, Mr. Parker Pyne preguntó:

—¿Y el mismo sir Donald?

—Me atrevo a decir que me cree buena para sus tierras yermas —contestó Carol desdeñosa.

Mr. Parker Pyne consideró la situación.

—Quisiera preguntarle dos cosas —dijo—: Ayer por la noche se hizo la observación «El que roba una vez robará siempre».

La muchacha hizo un gesto afirmativo.

—Ahora comprendo la razón de que esta observación pareciera perturbarle a usted.

—Sí, era embarazoso para Jim... y también para mí y para papá. Temí tanto que el rostro de Jim diese alguna muestra de emoción que hablé diciendo lo primero que se me ocurrió.

Mr. Parker Pyne afirmó con la cabeza con expresión pensativa. Luego preguntó:

—¿Por qué ha insistido hoy su padre en ser registrado también?

—¿No lo ha comprendido usted? Yo sí. Papá tenía en la cabeza la idea de que yo pudiera pensar que todo aquello era un plan contra Jim. Ya lo ve usted: se ha empeñado en que me case con el inglés. Pues bien, quería demostrarme que no le había jugado una mala pasada a Jim.

—Dios mío —dijo Mr. Parker Pyne—, todo esto ilumina mucho el caso. Quiero decir en un sentido general. Difícilmente puede resultar útil para nuestra particular investigación.

—¿No va usted a dar su jaque mate?

—No, no. —Y guardó un momento de silencio. Luego dijo—: ¿Qué es exactamente lo que usted desea que haga, miss Carol?

—Que demuestre que no ha sido Jim quien ha cogido esa perla.

—¿Y suponiendo, perdóneme, que haya sido él? Entonces, ¿qué?

—Si cree esto, está equivocado..., completamente equivocado.

—Sí, pero, en realidad, ¿ha considerado usted el caso cuidadosamente? ¿No cree que esta perla hubiera podido resultar una tentación repentina para Mr. Hurst? Vendiéndola obtendría una suma considerable..., un capital con que poder especular, por ejemplo, y que podría hacerle independiente para casarse con usted, con o sin el consentimiento de su padre, y quedarse tranquilo.

—Jim no ha hecho eso —dijo la muchacha.

—Está bien, haré lo que pueda.

Con una breve inclinación de cabeza, la joven abandonó la tienda. A su vez, Mr. Parker Pyne se sentó en la cama y se entregó a sus meditaciones. De pronto, se rio entre dientes.

—Mi ingenio va cada vez a menos —dijo en voz alta. Durante el almuerzo estuvo de buen humor.

La tarde transcurrió apacible. La mayor parte de ellos la pasaron durmiendo. Al entrar Mr. Parker Pyne en la tienda grande, a las cuatro y media, solo el doctor Carver estaba allí, ocupado en examinar algunos fragmentos de cerámica.

—¡Ah! —dijo Mr. Parker Pyne, acercando una silla a la mesa—. Precisamente la persona que quería ver. ¿Puede usted dejarme ese trozo de plastilina que lleva?

El doctor se palpó los bolsillos y sacó un bastoncito de plastilina, que ofreció galantemente a Mr. Parker Pyne.

—No —dijo este, apartándolo—. No es este el que me interesa, sino aquel trozo que tenía usted anoche. Para serle franco, no es la plastilina lo que quiero, sino su contenido.

Hubo un silencio y luego el doctor Carver dijo con calma:

—Creo que no le entiendo a usted.

—Yo creo que sí —dijo Mr. Parker Pyne—. Quiero el pendiente de miss Blundell.

Hubo un minuto de absoluto silencio. Después, Carver se metió la mano en el bolsillo y, sacando un trozo informe de plastilina, dijo sin que su rostro mostrase expresión alguna:

—Ha sido usted muy hábil.

—Deseo que me lo cuente —dijo Mr. Parker Pyne. Entretanto, sus dedos trabajaban. Con un gruñido, extrajo un pendiente con una perla, algo sucio—. Pura curiosidad, ya comprende —añadió en tono de excusa—. Pero me gustaría saberlo.

—Se lo diré —contestó Carver— si me dice cómo acertó a fijarse en mí. Porque usted no vio nada, ¿no es verdad?

Mr. Parker Pyne movió la cabeza.

—Únicamente he pensado en ello.

—El comienzo fue puramente accidental —dijo Carver—. Yo iba esta mañana detrás de todos ustedes y vi de pronto el pendiente en el suelo: debió de haberse caído de la oreja de la muchacha un momento antes. Ella no lo había advertido. Nadie lo había advertido. Lo cogí y lo guardé en el bolsillo con la intención de devolvérselo tan pronto como la alcanzase. Pero luego me olvidé.

»Y más tarde, a mitad de la subida, empecé a pensar. La joya no significaba nada para esa tonta. Su padre le compraría otra sin advertir el gasto. Y, en cambio, significaría mucho para mí. Con el producto de la venta de esa perla tendría el equipo de una expedición. —Y su rostro impasible se contrajo y animó—. ¿Sabe usted lo difícil que resulta en estos tiempos hacer que la gente se suscriba para costear excavaciones? No, no lo sabe. La venta de esa perla lo facilitaría todo. Hay un sitio que quiero explorar... allí arriba, en Beluchistán. Todo un capítulo del pasado está esperando que lo descubran...

»Acudió a mi memoria lo que decía usted anoche sobre los testigos que se sugestionan. Pensé que la muchacha pertenecía a ese tipo. Al llegar a la cumbre, le dije que se le había aflojado el pendiente. Fingí que se lo ajustaba. Lo que en realidad hice fue apretar sobre su oreja la punta de un pequeño lápiz. A los pocos minutos dejé caer un guijarro. Ella estaba perfectamente dispuesta a jurar que había llevado el pendiente y que acababa de caérsele. Entretanto, yo apreté la perla en el interior de ese trozo de plastilina, en mi bolsillo. Esta es mi historia. No muy eficiente. Ahora hable usted.

—Mi historia no es demasiado larga —dijo Mr. Parker Pyne—. Usted era el único que recogía cosas del suelo. Esto fue lo que me hizo sospechar. Y el hallazgo del guijarro era significativo, pues daba la pista del ardid que tan hábilmente había utilizado. Y además...

—Continúe —dijo Carver.

—Pues bien, habló usted anoche de la honradez con una vehemencia un poco exagerada. Protestar demasiado..., bueno, ya sabe lo que dice Shakespeare. Parecía, en cierto modo, como si intentase convencerse a sí mismo. Y habló del dinero con excesivo desdén.

El rostro del hombre que tenía enfrente parecía arrugado y fatigado. Carver contestó:

—Bien, no hay más que hablar. Todo ha terminado ahora para mí. Supongo que va usted a devolverle a esa niña su chuchería. Cosa rara ese instinto bárbaro del adorno. Lo encuentra usted ya en los tiempos paleolíticos. Es uno de los primeros instintos del sexo femenino.

—Creo que juzga usted mal a miss Carol —dijo Mr. Parker Pyne—. Es una joven que tiene cabeza y, lo que es más, tiene corazón. Creo que no hablará de este asunto.

—Pero se lo contará a su padre —dijo el arqueólogo.

—No lo creo, las perlas son falsas.

—Quiere usted decir que...

—Sí. La muchacha no lo sabe. Cree que las perlas son auténticas. Yo tuve mis sospechas ayer noche. Mr. Blundell habló más de lo necesario del dinero que tenía. Cuando las cosas van mal y uno está cogido, lo mejor es poner buena cara y fanfarronear. Y Mr. Blundell estaba fanfarroneando.

De pronto, el doctor Carver sonrió. Era la sonrisa simpática de un muchachito, ciertamente extraña en un hombre de edad.

—Entonces, todos nosotros somos unos infelices —dijo.

—Exactamente —contestó Mr. Parker Pyne, y añadió—: Mal de muchos, consuelo de tontos. Es eso lo que nos hace tan indulgentes...

Muerte en el Nilo

Lady Grayle estaba nerviosa. Desde que había subido a bordo del Fayoum, se quejaba de todo. No le gustaba su camarote. Podía soportar el sol de la mañana, pero no el de la tarde. Su sobrina, Pamela Grayle, le cedió amablemente su propio camarote, situado al otro lado. Lady Grayle lo aceptó de mala gana.

Reprendió a su enfermera, Mrs. MacNaughton, por no haberle traído el chal que quería y por haber empaquetado la almohada pequeña en lugar de dejarla fuera. Y había reprendido a su esposo, sir George, por haberse equivocado de collar. Lo que ella quería era lapislázuli, y no coralina. ¡George era un tonto!

Sir George le dijo, apurado:

—Lo siento, querida, lo siento. Voy a cambiarlo. Hay tiempo de sobra.

No reprendió a Basil West, el secretario particular de su esposo, porque nadie amonestaba a Basil, cuya sonrisa le desarmaba a uno antes de empezar.

Pero lo peor cayó sobre el intérprete árabe, un personaje imponente y ricamente vestido al que nada le inmutaba. Cuando lady Grayle descubrió a un extraño en uno de los sillones de mimbre y se dio cuenta de que era un compañero de viaje, los cálices de su ira se vertieron como si fuesen agua.

—¡En las oficinas me dijeron con toda claridad que nosotros seríamos los únicos pasajeros! ¡Que era el final de la temporada y no vendría nadie más!

—Es cierto, señora —dijo Mohammed—. Solamente usted y la compañía. Un caballero, nada más.

—Pero a mí me dijeron que seríamos únicamente nosotros.

—Muy cierto, señora.

—¡No es cierto! ¡Es una mentira! ¿Qué hace este hombre aquí?

—Vino más tarde, señora. Después de haber tomado ustedes los billetes. No decidió venir hasta esta mañana.

—¡Esto es una perfecta estafa!

—Muy cierto, señora, pero este es un caballero muy tranquilo, muy fino y muy tranquilo.

—¡Usted es tonto! No entiendo nada. Miss MacNaughton, ¿dónde está? Oh, está aquí. Le he dicho y repetido que esté cerca de mí. Puedo desmayarme. Ayúdeme a ir al camarote y deme una aspirina, y no deje que Mohammed se me acerque. Dice continuamente: «Muy cierto, señora», y acabaría por hacerme chillar.

Miss MacNaughton le ofreció el brazo sin decir una palabra. Era una mujer alta, de treinta y cinco años, una belleza morena, de maneras tranquilas. Instaló a lady Grayle en su camarote, la recostó en almohadones, le administró una aspirina y escuchó su débil lista de quejas.

Lady Grayle tenía cuarenta y ocho años. Desde los dieciséis había padecido la dolencia de tener demasiado dinero. Se había casado con aquel baronet empobrecido, sir George Grayle, hacía diez años.

Era una mujer grande, no mal parecida en cuanto a sus rasgos, pero tenía un rostro inquieto y arrugado, y el abuso de los cosméticos había venido a acentuar los estragos del tiempo y del carácter. Su cabello había sido sucesivamente rubio platino y rojo anaranjado, y, en consecuencia, parecía viejo. Vestía con exagerada riqueza y llevaba demasiadas joyas.

Terminó con estas palabras, que la silenciosa MacNaughton recibió con la misma impasibilidad:

—¡Dígale a sir George que debe echar a ese hombre fuera del barco! Yo necesito estar tranquila después de todo lo que he tenido que soportar últimamente. —Y cerró los ojos.

—Sí, lady Grayle —dijo miss MacNaughton, y salió del camarote.

El ofensivo pasajero llegado en el último momento continuaba en su sillón de mimbre. De espaldas a Luxor, estaba observando, a través del Nilo, las montañas que aparecían doradas sobre una línea verde oscuro. Miss MacNaughton le dirigió una viva mirada de apreciación en el momento de pasar por delante de él.

Encontró a sir George en el salón. Tenía en la mano una sarta de cuentas que observaba detenidamente con aire de duda.

—Dígame, miss MacNaughton, ¿cree usted que estas servirán?

Miss MacNaughton miró un momento el lapislázuli.

—Muy bonito, de verdad —dijo.

—¿Usted cree que lady Grayle quedará contenta?

—Oh, no. Yo no diría tanto, sir George. Ya lo ve, nada la deja contenta. Esta es la pura verdad. A propósito, me ha dado un mensaje para usted. Quiere que usted se deshaga ahora de este último pasajero.

Sir George se quedó pasmado.

—¿Cómo puedo hacer eso? ¿Qué le podría decir al hombre?

—No puede, por supuesto. —Y la voz de Elsie MacNaughton era animada y bondadosa—. Dígale a ella que no hay nada que hacer —añadió con tono alentador—. Esto le servirá.

—¿Lo cree usted así? —dijo él con un rostro cómicamente patético.

La voz de Elsie MacNaughton se hizo aún más afectuosa al decir:

—En realidad, sir George, no debería usted tomarse eso tan en serio. Es solo cosa de su salud, ya lo sabe. No se lo tome en serio.

—¿Cree usted que su estado es realmente grave, enfermera?

Por el rostro de ella pasó una sombra. Su voz tenía un acento algo extraño al contestar:

—Sí. A mí... a mí no me gusta su estado. Pero le ruego que no se preocupe, sir George. No debe preocuparse.

Y con una sonrisa amistosa se alejó de allí.

Pamela entró lánguida y fresca con su vestido blanco.

—¡Hola, Nunks! —le dijo a su tío.

—¡Hola, Pam, querida!

—¿Qué tienes aquí? ¡Oh, qué bonito!

—Me alegro de que te guste. ¿Te parece que tu tía pensará igual?

—Mi tía es incapaz de encontrar nada a su gusto. No puedo imaginar cómo te casaste con esa mujer, tío Nunks.

George calló mientras reaparecía en su memoria un confuso panorama de carreras deportivas desgraciadas, acreedores apremiantes y una mujer guapa, aunque dominadora.

—¡Mi pobre querido tío! —dijo Pamela—. Me figuro que tuviste que hacerlo. Pero está dándonos a los dos una vida bastante infernal, ¿no es verdad?

—Desde que se puso enferma... —empezó a decir George.

Pamela le interrumpió.

—¡No está enferma! No lo está de verdad. Siempre consigue hacer lo que quiere. Cuando tú estabas en Asuán, ella estaba siempre tan alegre como... como un grillo. Apuesto a que miss MacNaughton sabe que está engañándonos.

—No sé lo que haríamos sin miss MacNaughton —dijo sir George con un suspiro.

—Es una mujer atractiva —admitió Pamela—. Claro que no estoy embobada con ella como tú, Nunks. ¡Oh, tú sí lo estás! No me contradigas. Crees que es admirable. Nunca sé qué es lo que piensa. De todos modos, sabe manejar muy bien a la vieja gata. Nos es muy útil.

—Escucha, Pam, no debes hablar de tu tía de ese modo. No digas eso, es muy buena contigo.

—Sí, paga todas nuestras facturas, ¿verdad? Pero nos da una vida infernal.

Sir George pasó a otro tema menos penoso.

—¿Qué vamos a hacer con ese individuo que ha venido a viajar con nosotros? Tu tía quiere el barco para ella sola.

—Pero no puede tenerlo —dijo Pamela con frialdad—. Este hombre es perfectamente presentable. Se llama Parker Pyne. Creo que es un empleado del Estado salido del Ministerio de Información, si existe tal cosa. Lo gracioso es que me parece haber oído este nombre en alguna parte. ¡Basil! —El secretario acababa de entrar—. ¿Dónde he visto el nombre de Parker Pyne?

—Primera página de *The Times*, columna de los que están en apuros —contestó el joven con presteza—: «¿Es usted feliz? Si no lo es, consulte a Mr. Parker Pyne».

—¡Estupendo! ¡Qué divertido! Vamos a contarle todas nuestras penas desde aquí hasta El Cairo.

—Yo no tengo ninguna —dijo Basil—. Vamos a deslizarnos por el dorado Nilo y ver los templos —y después de una viva mirada a sir George, que había cogido un diario, añadió—... juntos.

La última palabra había sido tan solo murmurada, pero Pamela la recogió y sus miradas se cruzaron.

—Tienes razón, Basil —dijo ligeramente—. Vivir es bonito.

Sir George se levantó y salió. Y el rostro de Pamela se ensombreció.

—¿Qué te pasa, querida?

—Mi detestable tía política.

—No te apenes —dijo Basil rápidamente—. ¿Qué importa lo que se le meta en la cabeza? No la contradigas. Ya lo ves —acabó riendo—, este es un buen modo de disimular las cosas.

Entró en la sala la benévola figura de Mr. Parker Pyne. Venía seguida de la figura pintoresca de Mohammed, preparado para pronunciar su discurso en tono convincente.

—Señoras, caballeros, ahora empezamos. Dentro de pocos momentos pasaremos por delante de los templos de Karnak, a la derecha. Les contaré ahora la historia del muchachito que fue a comprar un cordero asado para su padre...

* * *

Mr. Parker Pyne se enjugó la frente. Acababa de regresar de una visita al templo de Dendera. Se daba cuenta de que montar en asno no era un ejercicio adecuado para su corpulencia. Estaba ocupado en cambiarse de camisa cuando llamó su atención una nota colocada derecha sobre su tocador. Decía así:

Muy señor mío:

Le agradeceré que desista de visitar el templo de Abidos y permanezca en el barco, pues deseo consultarle.

Suya atentamente,

Ariadne Grayle

Una sonrisa contrajo el blando rostro de Mr. Parker Pyne. Tomando una hoja de papel, destornilló su estilográfica y escribió:

Mi distinguida lady Grayle:

Siento no poder complacerla, pero estoy actualmente de vacaciones y no me encargo de ningún asunto profesional.

Y firmando con su nombre, envió la carta con un camarero.

Acababa de vestirse cuando le trajeron otra nota.

Mi querido Mr. Parker Pyne:

Me hago cargo del hecho de que se encuentra de vacaciones, pero estoy dispuesta a abonarle cien libras como honorarios por la consulta.

Atentamente suya,

Ariadne Grayle

Mr. Parker Pyne levantó las cejas y golpeó sus dientes con la pluma estilográfica con expresión pensativa. Deseaba ver Abidos, pero cien libras son cien libras. Y Egipto estaba saliéndole mucho más condenadamente caro de lo que había imaginado. Así pues, escribió:

Distinguida lady Grayle:

No visitaré el templo de Abidos.

Respetuosamente suyo,

Parker Pyne

La negativa de Mr. Parker Pyne a dejar el barco fue una fuente de dolor para Mohammed.

—Templo precioso. Todos mis señores desean verlo. Tome su coche. Tome su asiento. Y le llevan los marineros.

Mr. Parker Pyne rechazó todas estas tentadoras ofertas. Los otros se alejaron. Mr. Parker Pyne esperó en la cubierta. En un momento dado, se abrió la puerta del camarote de lady Grayle, que se acercó en persona con lentitud.

—Una tarde muy calurosa —observó graciosamente—.

Veo que se ha quedado usted, Mr. Parker Pyne. Ha obrado con buen juicio. ¿Tomamos el té en la sala?

Mr. Parker Pyne se levantó y la siguió. No podía negarse que sentía curiosidad.

Parecía como si lady Grayle tuviese alguna dificultad en entrar en materia. Iba revoloteando de un tema a otro. Por último, habló con una voz alterada:

—¡Mr. Parker Pyne, lo que voy a decirle es estrictamente confidencial! Usted lo entiende así, ¿no es verdad?

—Por supuesto.

Ella guardó silencio e inspiró profundamente. Mr. Parker Pyne esperó.

—Quiero saber si mi marido está o no envenenándome.

Mr. Parker Pyne se lo esperaba todo, menos esto. Y manifestó su asombro claramente.

—Esta es una acusación muy grave, lady Grayle.

—Bien, yo no soy una tonta ni he nacido ayer. Hace algún tiempo que tengo mis sospechas. Siempre que George se va, yo me encuentro mejor. La comida me sienta bien y me encuentro como si fuese otra mujer. Debe de haber alguna razón para esto.

—Lo que me dice es muy grave, lady Grayle. Debe recordar que yo no soy un detective. Soy, si quiere usted decirlo así, un especialista del corazón...

—¡Oiga! —exclamó ella interrumpiéndole—, ¿y cree usted que todo esto no me inquieta? No es un policía lo que busco, sé cuidarme yo sola, gracias. Lo que busco es la certidumbre. Tengo que saberlo. No soy una mala mujer, Mr. Parker Pyne. Trato bien a los que me tratan bien. Un compromiso es un compromiso. Yo he cumplido las obligaciones que contraje. He pagado las deudas de mi marido y no le he escatimado el dinero en ningún momento.

Mr. Parker Pyne sintió una momentánea punzada de compasión por sir George.

—Y en cuanto a la muchacha, ha tenido ropa y reuniones y esto y lo otro y lo de más allá. Una vulgar gratitud es todo lo que pido.

—La gratitud no es algo que pueda presentarse cuando se la piden a uno, lady Grayle.

—¡Tonterías! —replicó ella, y continuó—. Bueno, ahí lo tiene. ¡Averigüe la verdad! Cuando la sepa...

—Cuando la sepa, ¿qué pasará, lady Grayle?

—Eso es asunto mío. —Y su boca se cerró de golpe. Mr. Parker Pyne vaciló un momento y luego dijo:

—Usted me excusará, lady Grayle, pero tengo la impresión de que no es completamente franca conmigo.

—Eso es absurdo. Le he dicho con claridad lo que deseo que descubra.

—Sí, pero no me ha dicho por qué razón lo desea.

Sus miradas se encontraron. Ella fue quien la bajó primero.

—Yo diría que esta razón es evidente —dijo.

—No, tengo dudas sobre este punto.

—¿Qué punto es este?

—¿Qué es lo que desea?, ¿que sus sospechas resulten o no resulten fundadas?

—¡Verdaderamente, Mr. Parker Pyne...! —Y la dama se puso en pie temblando de indignación.

Mr. Parker Pyne afirmó suavemente con la cabeza.

—Sí, sí —dijo—. Pero de este modo no contesta a mi pregunta, ya comprende.

—¡Oh! —Y pareció que le faltaban las palabras. Rápidamente, salió de la habitación.

Una vez solo, Mr. Parker Pyne se quedó muy pensativo. Y tan absorto se hallaba en sus meditaciones que se sobresaltó al advertir que otra persona se había sentado frente a él. Era miss MacNaughton.

—Me parece que han regresado ustedes muy pronto —dijo él.

—Los otros no han regresado. Yo he dicho que tenía dolor de cabeza y he vuelto sola. —Y preguntó después de vacilar un instante—. ¿Dónde está lady Grayle?

—Supongo que echada en su camarote.

—¡Oh, eso significa que todo va bien! No quiero que sepa que he vuelto.

—Entonces, ¿no ha vuelto a causa de ella?

—No. He vuelto para verlo a usted.

Mr. Parker Pyne se quedó sorprendido. A primera vista, hubiera dicho que miss MacNaughton era eminentemente capaz de resolver sus propias dificultades sin necesidad de pedir consejos a nadie. Al parecer, estaba equivocado.

—Lo he observado desde que subió usted a bordo —dijo ella—. Creo que es usted una persona de mucha experiencia y buen criterio. Y tengo gran necesidad de ser aconsejada.

—Y, no obstante, perdóneme, miss MacNaughton, no pertenece usted al tipo de mujeres que generalmente buscan consejos. Habría dicho que era una persona que se complacía en fiarse de su propio juicio.

—Normalmente, sí. Pero me encuentro en una situación muy especial. —Y vaciló un momento—. No tengo la costumbre de hablar de mí misma, pero en esta ocasión creo que es necesario. Mr. Parker Pyne, cuando salí de Inglaterra con ella, lady Grayle era un caso manifiestamente normal. Hablando más claro: no le pasaba nada. Quizá esto no sea del todo cierto, pues el exceso de ocio y de dinero producen un estado patológico. Si hubiese tenido unos cuantos suelos que fregar diariamente y cinco o seis chiquillos que cuidar, lady Grayle habría sido una mujer perfectamente sana y mucho más feliz.

Mr. Parker Pyne asintió.

—Como enfermera de hospital, he visto muchos de estos casos nerviosos. Lady Grayle disfrutaba su mal estado de salud. A mí me correspondía no quitar importancia a sus sufrimientos, usar todo el tacto posible... y disfrutar por mi parte el viaje tanto como pudiera.

—Es una conducta muy inteligente —dijo Mr. Parker Pyne.

—Pero las cosas ya no están como estaban. El sufrimiento de que ahora se queja lady Grayle es real, y no imaginario.

—¿Qué quiere usted decir?

—He llegado a sospechar que están envenenando a lady Grayle.

—¿Desde cuándo tiene usted esta sospecha?

—Desde hace tres semanas.

—¿Sospecha... de alguna persona en particular?

Ella bajó los ojos. Por primera vez, le faltó a su voz el tono sincero.

—No.

—Confiéseme, miss MacNaughton, que sospecha de una persona en particular y que esta persona es sir George Grayle.

—¡Oh, no, no! ¡No puedo creer esto de él! Es tan patético, tan infantil... No podría ser un envenenador a sangre fría. —Y había un deje de angustia en su voz.

—Y, sin embargo, usted ha advertido que, siempre que sir George está ausente, su esposa se encuentra mejor y que los períodos de enfermedad corresponden con los de su regreso.

Ella no contestó.

—¿De qué veneno sospecha usted? ¿Arsénico?

—Algo de esa clase: arsénico o antimonio.

—¿Y qué medidas ha tomado?

—He hecho cuanto he podido para inspeccionar lo que lady Grayle come o bebe.

Mr. Parker Pyne hizo un gesto afirmativo.

—¿Cree usted que la misma lady Grayle tiene alguna sospecha? —preguntó con tono natural.

—Oh, no. Estoy segura de que no la tiene.

—Se equivoca en esto. Lady Grayle tiene sospechas.

Miss MacNaughton dio muestras de un gran asombro.

—Lady Grayle es más capaz de guardar un secreto de lo que usted se imagina —dijo Mr. Parker Pyne—. Es una mujer que sabe muy bien cómo dirigirse a sí misma.

—Esto me sorprende muchísimo —dijo miss MacNaughton lentamente.

—Me gustaría hacerle otra pregunta, miss MacNaughton. ¿Cree que lady Grayle siente simpatía por usted?

—Nunca he pensado en ello.

Y aquí fueron interrumpidos. Entró Mohammed con el rostro radiante y la ropa flotando tras él.

—Lady oír que usted ha vuelto. La llama. Dice ¿por qué no ha ido con ella?

Elsie MacNaughton se levantó apresuradamente, y lo mismo hizo Mr. Parker Pyne.

—¿Le iría bien una consulta por la mañana temprano? —preguntó.

—Sí, esa sería la mejor hora. Lady Grayle se despierta tarde. Entretanto, tendré mucho cuidado, vigilaré todo lo posible.

—Pienso que lady Grayle lo tendrá también.

Miss MacNaughton desapareció.

Mr. Parker Pyne no vio a lady Grayle hasta unos minutos antes de la comida. Estaba sentada, fumando un cigarrillo y quemando lo que parecía ser una carta. No dio señales de advertir su presencia, de lo que él dedujo que estaba aún ofendida.

Después de comer, jugó una partida de bridge con sir George, Pamela y Basil. Todos parecían estar distraídos y el juego terminó temprano.

Algunas horas más tarde, Mr. Parker Pyne fue despertado.

Lo despertó Mohammed.

—Vieja señora muy enferma. Enfermera muy asustada. Intento traer médico.

Mr. Parker Pyne se vistió rápidamente. Llegó a la puerta del camarote de lady Grayle al mismo tiempo que Basil West. Sir George y Pamela estaban dentro. Elsie MacNaughton trabajaba desesperadamente para auxiliar a su paciente. Al llegar Mr. Parker Pyne, la pobre mujer sufrió una convulsión final. Su cuerpo arqueado se retorció y se puso rígido. Luego cayó sobre sus almohadas.

Mr. Parker Pyne sacó de allí a Pamela con dulzura.

—¡Qué horrible! —dijo la muchacha medio sollozando—. ¡Qué horrible! ¿Está... está...?

—¿Muerta? Sí, me temo que todo ha terminado.

Y la puso bajo el cuidado de Basil. Sir George salió del camarote como atontado.

—Nunca creí que estuviese realmente enferma —iba murmurando—. Nunca lo pensé ni por un segundo.

Mr. Parker Pyne pasó por su lado y entró en el camarote. Elsie MacNaughton tenía el rostro blanco y alargado.

—¿Han enviado a buscar un médico? —preguntó.

—Sí. —Él le preguntó a su vez—: ¿Estricnina?

—Sí. Estas convulsiones son inconfundibles. ¡Oh, no puedo creerlo! —Y cayó sobre una silla, llorando.

Luego a él pareció ocurrírsele una idea. Dejo el camarote con rapidez y se fue a la sala. En un cenicero había un trozo de papel no quemado. Podían distinguirse solo unas pocas palabras legibles:

llo de ensueños.
¡Queme esto!

—Vaya, esto es interesante —dijo Mr. Parker Pyne.

* * *

Mr. Parker Pyne se hallaba en el despacho de un importante funcionario de El Cairo.

—De modo que esta es la prueba —dijo con aire pensativo.

—Sí, muy completa. El hombre debe de ser un tonto de remate.

—Yo no diría que sir George sea un hombre de cerebro.

—De todos modos —dijo el otro recapitulando—, lady Grayle muere con señales inconfundibles de envenenamiento por estricnina. Se encuentra un paquete de estricnina en el camarote de sir George y ahora otro paquete en el bolsillo de su esmoquin.

—Muy completo —dijo Mr. Parker Pyne—. Y a propósito: ¿de dónde venía la estricnina?

—Hay una ligera duda sobre este punto. La enfermera tenía un poco para el caso de que lady Grayle tuviese molestias en el corazón, pero ella misma se ha contradicho una o dos veces. Primero dijo que su provisión estaba intacta y ahora dice que no lo está.

—Muy inverosímil en ella esta inseguridad —fue el comentario de Mr. Parker Pyne.

—En mi opinión, los dos estaban de acuerdo. Tienen debilidad el uno por el otro.

—Es posible, pero si miss MacNaughton hubiese preparado un asesinato, lo habría hecho mucho mejor. Es una joven muy apta.

—Bueno, ahí lo tiene usted. En mi opinión, sir George está metido en ello. No tiene la menor probabilidad de escabullirse.

—Bien, bien —dijo Mr. Parker Pyne—. Tengo que ver qué es lo que puedo hacer.

Y se fue a buscar a la bonita sobrina. Pamela estaba blanca de indignación.

—¡Nunca jamás he hecho tal cosa! ¡Jamás... jamás... jamás!

—Entonces, ¿quién lo ha hecho? —preguntó Mr. Parker Pyne plácidamente. Pamela se acercó más a él.

—¿Sabe usted lo que creo? Que lo hizo ella misma. Últimamente se había vuelto muy rara. Acostumbraba a imaginar cosas.

—¿Qué cosas?

—Cosas extrañas. Basil, por ejemplo. Estaba siempre insinuando que Basil se había enamorado de ella. Y Basil y yo somos... somos...

—Ya lo veo —dijo Mr. Parker Pyne sonriendo.

—Y todo eso de Basil es pura imaginación. Pienso que quería mal al pobrecito Nunks, y que inventó esa historia y se la contó a usted, y luego puso la estricnina en el camarote y en su bolsillo y se envenenó. Hay gente que ha hecho cosas así. ¿No es verdad?

—Las han hecho —admitió Mr. Parker Pyne—. Pero no creo que lady Grayle lo haya hecho. Si me permite que lo diga, ella no era una persona de ese tipo.

—Pero las desilusiones...

—Sí. Me gustaría preguntarle a Mr. West acerca de esto.

Encontró al joven en su habitación. Basil contestó a sus preguntas con bastante animación.

—No quisiera parecer vanidoso, pero se había encaprichado de mí. Esta es la razón de que no me atreviese a comunicar mis relaciones con Pamela. Hubiera obligado a sir George a despedirme.

—¿Cree que la idea de miss Grayle tiene probabilidades de ser cierta?

—Me parece que es posible —contestó el joven con tono dubitativo.

—Pero no es bastante buena —dijo Mr. Parker Pyne con calma—. No, debemos encontrar algo mejor. —Y, durante uno o dos minutos, se perdió en sus meditaciones—. Sería mejor una confesión —dijo, y añadió, sacando su pluma estilográfica y una hoja de papel—: ¿Quiere hacer el favor de escribirla en un momento?

Basil West le dirigió una mirada de estupor.

—¿Yo? ¿Qué quiere usted decir?

—Mi querido joven —el tono de Mr. Parker Pyne era casi paternal—, lo sé todo. Cómo le hizo usted la corte a la buena señora. Cómo ella sintió escrúpulos. Cómo se enamoró de usted la sobrinita bonita y pobre. Cómo dispuso su plan. Envenenamiento lento. Esto podía pasar por una muerte natural por gastroenteritis y, en cualquier caso, sería atribuida a sir George, ya que tenía usted buen cuidado de que los reiterados ataques coincidiesen con su presencia.

»Luego descubrió que la dama tenía sus sospechas y que había hablado conmigo del asunto. ¡Acción rápida! Sustrajo usted algo de estricnina de la provisión de miss MacNaughton. Dejó una cantidad en el camarote de sir George y un poco más en su bolsillo, y puso una dosis suficiente en un sello que envió a la dama acompañado de una nota que decía que era un "sello de los ensueños".

»Era una idea romántica. Ella lo tomaría tan pronto como la enfermera la hubiera dejado sola y nadie sabría nada del asunto.

»Pero cometió usted una equivocación, mi joven caballero. Es inútil pedirle a una mujer que queme cartas. Nunca lo hacen. Y yo tengo toda esa bonita correspondencia, incluso la nota relativa al sello.

Basil West se había puesto verde. Toda su agradable expresión había desaparecido. Y ahora tenía la de una rata enjaulada.

—¡Maldito sea! —exclamó con un gruñido—. Es decir, que lo sabe todo. ¡Condenado entrometido, fisgón Parker!

Mr. Parker Pyne se libró de una agresión gracias a la aparición del testigo que, previsoramente, había traído para que escuchase detrás de la puerta semicerrada.

* * *

Mr. Parker Pyne estaba de nuevo discutiendo el caso con su amigo, el importante funcionario.

—¡Y yo no tenía ni un asomo de prueba! Solo un fragmento de papel casi indescifrable que contenía las palabras *¡Queme esto!* Deduje, pues, toda la historia e hice la prueba con él. Dio resultado. Había tropezado con la verdad. Fue efecto de las cartas. Lady Grayle había quemado hasta el último pedazo de papel que él le había escrito, pero él no lo sabía.

»Era realmente una mujer excepcional. Yo estaba perplejo cuando acudió a mí. Lo que deseaba era que yo le dijese que su esposo estaba envenenándola. En este caso, ella se proponía escaparse con el joven West. Pero quería actuar con nobleza. Curioso carácter.

—Esa pobre jovencita va a sufrir —dijo el otro.

—Soportará el disgusto —contestó Mr. Parker Pyne duramente—. Es joven. Tengo la esperanza de que sir George disfrute un poco antes de que sea demasiado tarde. Y Elsie MacNaughton será muy buena con él.

Y su expresión era radiante. Luego suspiró diciendo:

—Pienso ir de incógnito a Grecia. Verdaderamente ¡necesito unas vacaciones!

El Oráculo de Delfos

En realidad, a Mrs. Peters no le interesaba Grecia. Y en el fondo de su corazón no se había formado opinión alguna sobre Delfos.

Los hogares espirituales de Mrs. Peters eran París, Londres y la Riviera. Era una mujer que disfrutaba la vida de hotel, pero su idea de una habitación de hotel consistía en una blanca y gruesa alfombra, un lecho lujoso, una profusión de lámparas eléctricas con pantalla en la mesilla de noche para leer y un teléfono; encargar té, comidas, aguas minerales, cócteles para charlar con las amigas y gran abundancia de agua fría y caliente.

En el hotel donde se alojaba en Delfos no había nada de todo esto. Había una vista maravillosa desde las ventanas, un lecho limpio y unas paredes enjalbegadas o menos limpias. Y había una silla, un palanganero y una cómoda. Los baños se servían con un recargo aparte y, de vez en cuando, con escasa agua caliente.

Imaginaba que sería bonito decir que había estado en Delfos, y Mrs. Peters se había esforzado en interesarse por la Grecia Antigua, pero le había resultado difícil. Sus esculturas le parecían incompletas, sin cabezas, brazos o piernas. Secretamente, le gustaba mucho más el bello y completo ángel de mármol con alas que había sido colocado sobre la tumba del difunto Mr. Willard Peters. Pero todas estas opiniones íntimas se las guardaba para ella sola por el temor de que su Willard la mirase con desprecio. Por complacer a Willard se encontraba allí, en aquella habitación fría e incómoda, con una doncella malhumorada y un chófer disgustado algo más lejos.

Porque Willard (hasta hacía poco llamado *Junior*, un título que él aborrecía), que tenía ahora dieciocho años, era un hijo mimado hasta la locura por Mrs. Peters. Willard era quien tenía esa extraña pasión por el arte antiguo. Willard, delgado, pálido, con gafas y dispéptico, era el que había arrastrado a su devota madre a este viaje por Grecia.

Habían estado en Olimpia, que a Mrs. Peters le había parecido un triste revoltijo. El Partenón le había gustado, pero consideraba Atenas como una ciudad sin remedio. Y una visita a Corinto y a Micenas había resultado una pesadilla tanto para el chófer como para Mrs. Peters.

Esta pensaba tristemente que Delfos era ya el colmo. Absolutamente nada que hacer más que seguir el camino y mirar las ruinas. Willard se pasaba largas horas de rodillas descifrando inscripciones griegas y diciendo: «¡Madre, escucha esto! ¿No es espléndido?». Y leía algo que a Mrs. Peters le parecía la quintaesencia del aburrimiento.

Aquella mañana, Willard había salido temprano para ver algunos mosaicos bizantinos. Mrs. Peters, sintiendo instintivamente que los mosaicos bizantinos la dejarían fría (tanto material como espiritualmente), se había excusado.

—Lo comprendo, madre —había dicho Willard—: Quieres quedarte sola para ir a sentarte en el teatro o arriba, en el estadio, y mirar todo aquello tan hermoso e impregnarte bien.

—Eso es, querido —había contestado Mrs. Peters.

—Ya sabía yo que este lugar te encantaría —había dicho Willard, entusiasmado, y había partido solo en busca de antigüedades.

Y ahora, con un suspiro, Mrs. Peters se preparó para levantarse y desayunar.

En el comedor solo encontró a cuatro personas: una madre y una hija, vestidas con un estilo especial y que estaban discutiendo sobre el arte de la propia expresión en la danza; un caballero grueso, de mediana edad, que le había salvado una maleta cuando bajaba del tren y se llamaba Thompson, y un recién llegado calvo y también de mediana edad, que estaba allí desde la noche anterior. Este personaje era el último que se había quedado en el comedor y Mrs. Peters no tardó en entrar. Las maneras de Mr. Thompson eran claramente desalentadoras (Mrs. Peters llamaba a esto «la reserva británica»), y la madre y la hija se habían mostrado muy superiores y sabiondas, aunque la muchacha había parecido congeniar con Willard.

A Mrs. Peters el nuevo huésped le pareció una persona muy agradable. Comunicaba su información sin alardes de sabiduría. Le comentó varios detalles interesantes y simpáticos acerca de los griegos, dándole la impresión de que eran verdaderas personas y no historias aburridas sacadas de un libro.

Mrs. Peters le contó a su nuevo amigo todo lo relativo a Willard, que era un muchacho tan listo y que hubiera podido usar la palabra *cultura* a modo de apellido. En aquel personaje suave y benévolo había algo que facilitaba la conversación.

Él, por su parte, no le dijo a Mrs. Peters a qué se dedicaba ni cómo se llamaba. Aparte de que había viajado y se tomaba un descanso completo de sus ocupaciones (¿qué ocupaciones?), no fue comunicativo acerca de sí mismo.

En conjunto, se le pasó el día mucho más rápido de lo que ella hubiera supuesto. La madre y la hija y Mr. Thompson continuaban siendo insociables. Mrs. Peters y su nuevo amigo encontraron a este último saliendo del museo y vieron cómo tomaba inmediatamente la dirección opuesta.

Su nuevo amigo se lo quedó mirando con las cejas fruncidas.

—¡Estoy preguntándome quién puede ser ese individuo!

Mrs. Peters le comunicó el nombre del otro, pero no podía hacer nada más.

—Thompson... Thompson... No creo haberlo visto antes. Y, sin embargo, hay algo en su cara que me resulta familiar. Pero no puedo situarlo.

Por la tarde, Mrs. Peters disfrutó una tranquila siesta en un lugar sombreado. El libro que se había llevado para leer no era el excelente tratado sobre arte griego que le había recomendado su hijo, sino una novela titulada *El misterio de la barca del río.* Contenía cuatro asesinatos, tres raptos y una banda numerosa y variada de criminales peligrosos. Mrs. Peters se sentía a la vez fortificada y apaciguada con su lectura.

Eran las cuatro cuando regresó al hotel. Estaba segura de que, a aquella hora, Willard habría vuelto ya. Tan lejos se encontraba de presentir ninguna desgracia que casi se olvidó de abrir la nota que, según le había comunicado el dueño, había traído por la tarde un hombre desconocido.

La nota estaba extremadamente sucia. La abrió con gesto distraído. Al leer las primeras líneas, su rostro palideció y alargó una mano para sostenerse. Estaba escrita por un extranjero, pero en inglés. Decía así:

Señora:

La presente es para informarle de que su hijo ha sido secuestrado. Nuestro lugar es muy seguro. El joven caballero no sufrirá ningún daño si usted obedece nuestras órdenes. Pedimos por él un rescate de diez mil libras esterlinas. Si habla usted de esto al dueño del hotel o a la policía, o a otra persona, ¡su hijo morirá! Se le avisa para que reflexione. Mañana le daremos instrucciones sobre el modo de entregar el dinero. Si no las obedece, las orejas del honorable joven serán cortadas y le serán enviadas. Y si no las obedece entonces, al día siguiente morirá. No amenazamos en vano. Reflexione y, sobre todo, guarde silencio.

DEMETRIUS, EL DE LAS CEJAS NEGRAS

No es posible decir en qué estado se hallaba la pobre señora al terminar la lectura de la carta. Aunque disparatada e infantil, aquella demanda la dejó envuelta en una atmósfera de peligro. Willard, su niño, su mimado, su delicado y serio Willard.

Iría de inmediato a buscar a la policía, llamaría a sus vecinos. Pero quizá si lo hacía... Y se estremeció.

Luego, animándose, salió de su habitación en busca del dueño del hotel, la única persona del establecimiento que hablaba inglés.

—Está haciéndose tarde —le dijo—. Mi hijo no ha regresado aún.

El simpático hombrecillo la miró muy satisfecho.

—Cierto —dijo—. El señor despidió las mulas. Deseaba volver a pie. A esta hora, debería ya estar aquí, pero sin duda se ha entretenido por el camino. —Y sonrió con feliz expresión.

—Dígame —preguntó de pronto Mrs. Peters—: ¿Hay en los alrededores personas de mala reputación?

Mala reputación no era una expresión conocida en el vocabulario inglés del hombrecillo. Mrs. Peters se explicó con más claridad. Y recibió la respuesta de que, en todos los alrededores de Delfos, no había más que gente buena, tranquila y muy bien dispuesta hacia los extranjeros.

En sus labios temblaban las palabras, aunque las obligó a retroceder. La siniestra amenaza le ataba la lengua. Podía ser una pura fanfarronada, pero ¿y si no lo era? En América, a una amiga suya le habían robado a un niño que fue asesinado al informar ella a la policía. Efectivamente, estas cosas ocurrían.

Estaba casi frenética. ¿Qué iba a hacer? Diez mil libras... ¿qué era esto en comparación con la seguridad de Willard? Pero ¿cómo podía conseguir una suma así? En aquel momento había interminables dificultades con el dinero y era complicado retirarlo de los bancos. Una carta de crédito por unos cuantos centenares de libras era todo lo que tenía en su poder.

¿Entenderían esto los bandidos? ¿Querrían ser razonables? ¿Querrían esperar?

Al acercarse su doncella, la despidió a cajas destempladas. A la hora de la comida sonó la campanilla y la pobre señora se vio obligada a pasar al comedor. Comió maquinalmente. No veía a nadie. Por lo que a ella se refería, la habitación hubiera podido estar desierta.

Al servirle la fruta, le colocaron una nota delante. La infeliz retrocedió, pero la letra era completamente distinta de la que había temido ver: una letra limpia de amanuense inglés. La abrió sin demasiado interés, aunque su contenido la intrigó:

En Delfos no puede usted consultar al Oráculo, pero «puede» consultar a Mr. Parker Pyne.

Había dejado, prendido con un alfiler, un anuncio de periódico y al final del pliego una fotografía de pasaporte. Se trataba de su amigo calvo de la mañana.

Mrs. Peters leyó dos veces el recorte: «¿Es usted feliz? Si no lo es, consulte a Mr. Parker Pyne».

¿Feliz? ¿Feliz? ¿Había sido nadie nunca tan infeliz? Aquella era una respuesta a una plegaria.

Apresuradamente, garabateó en una hoja de papel que acertaba a llevar en el bolso:

Le ruego me ayude. ¿Puede reunirse conmigo fuera del hotel dentro de diez minutos?

Metiéndolo en un sobre, ordenó al camarero que se lo llevase al caballero que ocupaba la mesa junto a la ventana. Diez minutos más tarde, envuelta en un abrigo de pieles, pues la noche era fría, Mrs. Peters salió del hotel y siguió despacio el camino de las ruinas. Mr. Parker Pyne estaba esperándola.

—La gracia del cielo ha hecho que se encuentre usted aquí —dijo ella desalentada—. Pero ¿cómo ha sospechado la terrible situación en que me encuentro? Esto es lo que deseo saber.

—El rostro humano, mi querida señora —dijo Mr. Parker Pyne con dureza—. He sabido enseguida que le había ocurrido algo, pero espero que usted me diga de qué se trata.

Todo salió como de un torrente. Le entregó la carta, que él leyó a la luz de su linterna de bolsillo.

—Hum —dijo—. Un documento notable. Un documento muy notable. Tiene ciertos aspectos...

Pero Mrs. Peters no estaba de humor para escuchar los aspectos más curiosos de la carta. ¿Qué iba a ser de Willard? ¿De su querido, delicado Willard?

Mr. Parker Pyne se mostró tranquilizador. Trazó un cuadro atractivo de la vida de los bandidos griegos. Tendrían un cuidado especial con su prisionero, puesto que para ellos representaba una posible mina de oro.

Y gradualmente, la serenó.

—Pero ¿qué voy a hacer yo? —gimió Mrs. Peters.

—Espere hasta mañana. Es decir, a no ser que prefiera acudir directamente a la policía.

Mrs. Peters le interrumpió con un chillido de terror. ¡Su querido Willard sería asesinado de inmediato!

—¿Cree usted —preguntó a continuación— que volveré a ver a Willard sano y salvo?

—Sobre esto no hay duda —dijo Mr. Parker Pyne tratando de calmarla—. El único problema es saber si tendrá usted a su hijo sin pagar diez mil libras.

—Lo que quiero es a mi hijo.

—Sí, sí —dijo Mr. Parker Pyne con tono tranquilizador—. A propósito, dígame, ¿quién trajo la carta?

—Un hombre a quien el dueño del hotel no conoce: un extraño.

—¡Ah! Aquí hay posibilidades. El hombre que traiga la carta mañana podría ser seguido. ¿Qué es lo que les dirá usted a las personas del hotel sobre la ausencia de su hijo?

—No he pensado en ello.

—Me pregunto ahora... —dijo Mr. Parker Pyne reflexionando—. Creo que de modo natural podría usted expresar alarma e inquietud con motivo de su ausencia. Podría ponerse en marcha un destacamento de exploración.

—¿No teme usted que esos demonios...? —Y se quedó sin voz.

—No, no. Mientras no corra el rumor del rapto o del rescate, no pueden ponerse intratables. Después de todo, no pueden esperar que acepte usted la desaparición de su hijo sin agitarse poco ni mucho.

—¿Puedo dejar todo eso en sus manos?

—Esto me corresponde a mí.

Apenas se habían puesto en marcha para regresar al hotel, estuvieron a punto de tropezar con un hombre corpulento.

—¿Quién era? —preguntó Mr. Parker Pyne con expresión pensativa.

—Creo que era Mr. Thompson.

—¡Oh! —exclamó Parker Pyne—. ¿Era Thompson...? Thompson... hum.

* * *

Al retirarse a descansar, Mrs. Peters pensó que era una buena idea la de Mr. Parker Pyne a propósito de la carta. Quienquiera que fuese el que la trajera debía de estar en contacto con los bandidos. De este modo, se sintió consolada y se durmió mucho más pronto de lo que hubiera podido creer.

A la mañana siguiente, mientras se vestía, advirtió de pronto que había algo en el suelo, cerca de la ventana. Lo recogió... y su corazón dio un vuelco. El mismo sobre barato y sucio, el mismo tipo de letra... Lo abrió.

Buenos días, señora:

¿Ha reflexionado usted? Su hijo está bien y no ha sufrido daño alguno... por ahora. Sin embargo, debemos recibir el dinero. Puede que no resulte fácil para usted disponer de esa suma, pero se nos ha dicho que tiene a mano un collar de diamantes: piedras muy finas. Con esto nos contentaremos, en lugar de la suma. Mire, esto es lo que tiene que hacer: usted, o alguien que usted envíe, debe recoger ese collar y traerlo al estadio. Desde allí subirá al lugar donde hay un árbol junto a una gran roca. Habrá ojos vigilando para asegurarse de que solo venga una persona. Entonces, su hijo será cambiado por el collar. La hora debe ser mañana a la seis, un momento después de haber salido el sol. Si pone a la policía tras de nosotros, dispararemos contra su hijo cuando su coche vaya a la estación.

Esta es nuestra última palabra. Si mañana no hay collar, le enviaremos las orejas de su hijo. Al día siguiente, morirá.

Saludos, señora.

DEMETRIUS

Mrs. Peters corrió en busca de Mr. Parker Pyne. Este leyó la carta con profunda atención.

—¿Es verdad lo que dice sobre el collar de diamantes? —preguntó.

—Completamente. Mi esposo pagó por él cien mil dólares.

—Nuestros ladrones están bien informados —murmuró Mr. Parker Pyne.

—¿Qué dice usted?

—Solamente estaba considerando algunos aspectos del caso.

—Le aseguro que no tenemos tiempo para eso. Debo tener a mi hijo de regreso cuanto antes.

—Pero usted es una mujer de espíritu, Mrs. Peters. ¿Le gusta dejarse asustar y dejarse quitar diez mil libras? ¿Le gusta entregar sus diamantes mansamente a una pandilla de rufianes?

—Bien, por supuesto ¡si lo presenta usted así! —Y la mujer de espíritu que era Mrs. Peters estaba en lucha con la madre—. ¡Cómo quisiera ajustarles las cuentas a esos brutos cobardes! En el mismo instante en que recupere a mi hijo, Mr. Parker Pyne, lanzaré a la policía de la vecindad tras ellos... ¡Y si es necesario alquilaré un coche blindado para ir con Willard a la estación de ferrocarril!

Mrs. Peters estaba ahora encendida, respirando venganza.

—Sí... —dijo Mr. Parker Pyne—. Ya lo ve usted, mi querida señora, me temo que se preparan para eso. Saben que una vez haya recuperado a Willard, nada le impedirá dar la voz de alerta por todos los alrededores.

—Pues bien, ¿qué piensa usted hacer?

Mr. Parker Pyne sonrió.

—Quiero probar un pequeño plan propio. —Y paseó una mirada por todo el comedor. Estaba desierto y con las puertas de ambos extremos cerradas—. Mrs. Peters, conozco a un hombre en Atenas..., un joyero especializado en buenos diamantes falsos..., un trabajo de primera clase. —Y bajó la voz hasta que fue solo un murmullo—. Puedo llamarle por teléfono. Puedo tenerlo aquí esta tarde con una selección de piedras...

—¿Y se propone usted...?

—Retirar los verdaderos diamantes y sustituirlos por diamantes falsos.

—¡Cómo! ¡Esto es lo más ingenioso que he oído nunca! —Y Mrs. Peters le dirigió una mirada de admiración.

—¡Chiss! No tan alto. ¿Quiere usted hacerme un favor?

—Sin duda.

—Vigile que nadie se acerque ni pueda oír lo que digo por teléfono.

Mrs. Peters hizo un gesto afirmativo.

El teléfono estaba en el despacho del administrador, que se apartó amablemente después de ayudar a Mr. Parker Pyne a encontrar el número. Al salir, vio fuera a Mrs. Peters.

—Solo estoy esperando a Mr. Parker Pyne. Vamos a dar un paseo.

—Oh, sí, señora.

Mr. Thompson estaba también en el vestíbulo. Acercándose a ellos, se puso a hablar con el administrador. ¿Había alguna villa para alquilar en Delfos? ¿No? Pero había una más arriba del hotel.

—Pertenece a un caballero griego, señor. Y no la alquila.

—¿Y no hay otras villas?

—Hay una que pertenece a una señora americana, al otro lado del pueblo. Ahora está cerrada. Y hay una que pertenece a un caballero inglés, un artista. Está al borde de la roca que mira a Itea, es una villa preciosa.

Mrs. Peters intervino. La naturaleza la había dotado de una fuerte voz y ella la forzó más adrede.

—¡Cómo! —exclamó—. ¡Sí, a mí me encantaría tener una villa aquí! Todo tan intacto y natural. Estoy sencillamente entusiasmada con estos lugares, ¿no lo está usted, Mr. Thompson? Claro que lo está, si desea tener aquí una villa. ¿Es esta su primera visita al país? No puedo creerlo.

Y así continuó resueltamente hasta que vio salir del despacho a Mr. Parker Pyne. Este le dirigió una ligerísima sonrisa de aprobación.

Mr. Thompson descendió con lentitud los peldaños y

salió al camino, donde se reunió con la madre y la hija sabiondas, que parecían sentir el viento frío sobre sus descubiertos brazos.

Todo fue bien. El joyero llegó un momento antes de comer en un coche lleno de turistas. Mrs. Peters llevó el collar a sus habitaciones. El hombre manifestó su aprobación con un gruñido.

—*Madame peut être tranquille. Je réussirai.* —Y sacando algunas herramientas de un saquito, se puso manos a la obra.

A las once, Mr. Parker Pyne llamó a la puerta de Mrs. Peters.

—¡Aquí los tiene!

Y le entregó una bolsita de gamuza. Ella miró al interior.

—¡Mis diamantes! —exclamó.

—Silencio. Aquí está el collar con las piedras falsas que sustituyen a los diamantes. Un buen trabajo, ¿no le parece?

—Sencillamente admirable.

—Aristopoulos es un hombre muy hábil.

—¿Cree usted que no lo sospecharán?

—¿Cómo habrían de sospecharlo? Saben que tiene usted aquí el collar. Usted lo entrega. ¿Cómo pueden sospechar el ardid?

—Bien, lo encuentro admirable —insistió Mrs. Peters devolviéndole el collar—. ¿Quiere usted entregárselo a ellos? ¿O es pedir demasiado?

—Por supuesto que se lo entregaré. Solo deme la carta para que tenga claras las instrucciones. Gracias. Ahora, buenas noches y *bon courage*. Su muchacho estará aquí mañana a la hora del desayuno.

—¡Ojalá eso sea verdad!

—Vamos, no se inquiete. Déjelo todo en mis manos.

Mrs. Peters pasó una mala noche. Cuando se dormía tenía sueños terribles: sueños de bandidos armados que, desde coches blindados, disparaban sobre Willard, que bajaba por una montaña corriendo en pijama.

Y se alegró de despertarse. Por último, llegó el primer fulgor de la aurora. Mrs. Peters se levantó y se vistió. Y se quedó sentada... esperando.

A las siete oyó un golpe en la puerta. Tenía la garganta tan seca que apenas podía hablar.

—Adelante —dijo.

La puerta se abrió y entró Mr. Thompson. Ella abrió mucho los ojos. Le faltaron las palabras. Tenía el presentimiento de un desastre. Y, sin embargo, el hombre que había entrado tenía una voz natural y vulgar, una voz fuerte y suave.

—Buenos días, Mrs. Peters —dijo.

—¡Cómo se atreve usted, caballero! ¿Cómo se atreve usted...?

—Debe usted excusar mi visita a una hora tan intempestiva —contestó Mr. Thompson—, pero ya lo ve, tengo un asunto que tratar.

Mrs. Peters se inclinó hacia delante con una mirada acusadora.

—¡O sea que fue usted quien raptó a mi hijo! ¡Y no hay tales bandidos!

—Ciertamente, no hay tales bandidos. Ya pensé que ese detalle era muy torpe, muy poco artístico. Es lo menos que puede decirse.

Mrs. Peters era una mujer con una idea fija.

—¿Dónde está mi hijo? —preguntó con ojos de tigresa enfurecida.

—Lo cierto —contestó Mr. Thompson— es que está detrás de esa puerta.

—¡Willard!

La puerta se abrió de golpe. Willard, pálido, con las gafas y claramente con necesidad de afeitarse, fue estrechado contra el corazón de su madre.

Mr. Thompson observaba la escena con ojos benignos.

—Sea como sea —dijo Mrs. Peters rehaciéndose de pronto y volviéndose hacia él—, haré que lo procesen por esto. ¡Vaya si lo haré!

—Estás confundida, mamá —dijo Willard—. Este caballero es quien me ha liberado.

—¿Dónde estabas?

—En una casa situada al borde de la roca, solo a una milla de aquí.

—Y permítame, Mrs. Peters —dijo Mr. Thompson—, que le devuelva lo que le pertenece.

Y le entregó un pequeño paquete con una ligera envoltura de papel de seda. Al caer el papel, quedó al descubierto el collar de diamantes.

—No necesita guardar la otra bolsa de piedras, Mrs. Peters —dijo Mr. Thompson sonriendo—. Las verdaderas piedras continúan en el collar. La bolsa de gamuza contiene algunas imitaciones excelentes. Como le ha dicho su amigo, Aristopoulos es en su profesión un verdadero genio.

—La verdad es que no entiendo una palabra de todo esto —dijo Mrs. Peters débilmente.

—Debe usted mirar el caso desde mi punto de vista —observó Mr. Thompson—. Atrajo mi atención el uso de un determinado nombre. Me tomé la libertad de seguirla a usted y a su supuesto amigo cuando salieron del hotel, y escuché (lo confieso francamente) su interesantísima conversación. Me pareció notablemente significativa, tan significativa que comuniqué el caso confidencialmente al administrador. Este tomó nota del número al que había telefoneado para que un camarero escuchase por completo su conversación en el comedor.

»El plan se me presentó con claridad. Era usted víctima de un par de hábiles ladrones de joyas. Conocen todo lo relativo a su collar de diamantes, la siguen a usted hasta aquí y raptan a su hijo, y le escriben una carta "de bandidos" bastante cómica. Y se lo organizan para que usted ponga su confianza en el principal instigador del plan.

»Después de esto, todo es muy sencillo. El buen caballero le entrega a usted una bolsa de falsos diamantes y desaparece con su compadre. Esta mañana, al ver que su hijo no venía, usted se pone frenética. La ausencia de su buen amigo le induce a creer que también ha sido raptado. Deduzco que se las habían arreglado para que alguien fuese mañana a la villa. Esta persona hubiera descubierto a su hijo y, entonces, entre usted y él se hubieran hecho una idea del complot. Pero en aquel momento los pícaros habrían conseguido estar muy lejos.

—¿Y ahora?

—Oh, ahora están bien encerrados bajo llave. Yo me he ocupado de eso.

—¡El miserable! —exclamó iracunda Mrs. Peters—. El miserable e hipócrita gordinflón.

—Una persona poco recomendable —convino Mr. Thompson.

—No acierto a comprender cómo ha podido usted llegar a intervenir en todo esto —dijo Willard con admiración—. Ha sido usted muy listo.

El otro movió la cabeza con gesto de excusa.

—No, no —dijo—. Cuando uno viaja de incógnito y oye su propio nombre usado falsamente...

Mrs. Peters le miró.

—¿Quién es usted? —le preguntó de repente.

—Yo soy Mr. Parker Pyne —explicó aquel caballero.

Índice

www.coleccionagathachristie.com